生きづらさ時代

菅野久美子

IKIZURASA JIDAI

Kumiko Kanno

イラスト　石山さやか
装幀　　　西村弘美

目次

まえがき

「生きづらさ時代」――今の時代を表すとしたら、その言葉が最もふさわしい。そう確信したのは、私がノンフィクション作家として、社会の中で傷つき、崩れ落ちてしまった人々を長年見つめてきたからだ。

年間3万人ともいわれる孤独死、親を捨てたい子どもたち、ごみ屋敷の住人、行き場のない漂流遺骨、緩やかな自殺ともいえるセルフネグレクト（自己放任）――。

これまで私は現場主義を貫き、こうした日本社会のリアルを本やウェブ媒体で発信し続けてきた。取材を続けるうちに見えてきた時代の共通点、それは全てを一人で抱え込み、誰にも助けてといえない人々の「生きづらさ」だった。

その最終地点である「孤独死」の現場には、現代の日本のひずみが最も凝縮された形で現れると感じる。そこには社会で生きていくことに困難を感じ、人知れず命を落とした無数の人々の痕跡があったからだ。私は特殊清掃業者に密着し、時には作業を手伝いながら孤独死現場の取材を懲りずに8年以上も続けている。

孤独死の現場は一言でいうと過酷だ。防護服に身を包み、部屋に足を踏み入れると、ごみに囲まれたジャングルのような世界が広がっている。孤独死の多くは夏場に起きる。たいていの部屋はエアコンが壊れていて灼熱地獄で、数分で滝のような汗が溢れ出す。体液と腐敗したごみの混じり合った臭いが充満し、蠅や蛆といった虫たちとも、隣り合わせだ。

だから、よく周囲の人には驚かれる。「あんな壮絶な現場を、よく取材できますね」と。そんなとき、私はいつも曖昧な笑みを浮かべていた。

だけど、今ならいえる。それは私自身が、この社会に対して生きづらさを抱える当事者だからだ。本当の私は人一倍もろくて、弱い、怖がりの人間だからだ。私は幼少期にいじめに遭い、不登校になり二年以上、ひきこもった経験がある。そしてつい最近まで毒親に苦しめられてきた。

取材をしていると、死者との共通点を見つけることがよくある。ごみの中から写真やメモなどが出てきて、故人の不安や悩み、人生に対する絶望にふと触れてしまう。そんなとき、とてつもない「痛み」が、電流のように心と体を駆け巡る。私の「傷」がパックリと口を開き、疼きだす。誰かの生きづらさの痕跡が、私のこととして迫りくる。長年の現場取材でわかったのは、生きづらさは個人的な問題のように見えて、放射状に様々な社会問題と繋がっているということだ。つるつるとした社会の片隅で、一度の挫折によって生きる力を無くし、安々と命を奪われる人々——。それは、「在りし日」の私だったのかもしれない。だからこそ、そんな思いが原動力となり、取材者としての私を突き動かしてきた。

私のことを「炭鉱のカナリア」と呼んだのは、トークイベントなどでよくご一緒している社会学者の宮台真司さんだ。恐れ多いが、言い得て妙な表現かもしれない、と思う。

私が時代の危機を知らせる「炭鉱のカナリア」であるならば、それはこの令和という時代特有の生きづらさと、私個人の生きづらさが、どこかで響き合ってやまないからなのだろう。

本書は時代の最前線を追ってきた私が、初めて自分の「生きづらさ」と正面から向き合ったエッセイだ。七転八倒しながらも、何とか前を向こうと足掻く姿を書いている。そこには、孤独死現場での死者との対話や、自らの毒親との決別、家中に溢れる大量のモノとの対峙、SNS依存からの脱却など、壮絶な軌跡があった。取材者という立場ながら、愛犬の死によって、私自身セルフネグレクトに陥った顚末も、さらけ出している。

また本書には、元プロ野球選手、ひきこもり、ロスジェネ、女性用風俗の利用者、婚活に苦しむ女性などの市井の人たちも、たくさん登場する。彼らは属性も生き方もそれぞれ全く異なるが、生きづらさからブレイクスルーした人たちだ。

私は、一般社会を生きる普通の人々の人生にこそ、この混沌とした時代をサバイブする突破口がある気がする。だから、彼らがどのように生きづらさに立ち向かったか、その再生の物語にも多くの紙幅を割いている。

「生きづらさ時代」という見えない牢獄——、そしてそこからどう抜け出せばいいのか、そもそも抜け出せるものなのか。炭鉱のカナリアである私が人々との邂逅によって、暗闇の先に見た一条の光を感じて頂ければ嬉しい。

第一章

私が生きづらいのはなぜか

母親と生きづらさ

母と縁を切って、数年が経つ。私の母親はいわゆる「毒親」で、私は虐待サバイバーだ。これまで母親から様々な肉体的、精神的暴力を受けてきた。そんな私はここ数年、「親を捨てるということ」をテーマに執筆を行っている。

それにはのっぴきならない理由がある。私の同世代であるアラフォーや少し上の世代は親の介護問題にまさに直面している。

親に苦しめられた子どもたちは、親が高齢になり、病気になって死ぬまでのラストランに立ち向かうことになる。たとえ親が毒親でも、血縁者というだけで行政から連絡がきて、その最期を否応なしに引き受けさせられる子どもの姿をまざまざと見せつけられてきた。そして私自身、自分を虐待してきた親の面倒をみたくないという思いを抱えているうちの一人だ。

２０２０年に上梓した『家族遺棄社会』（角川新書）では、親と関わりたくない、介護をしたくない――そんな子どもたちの苦悩、そして声なき声を拾い集めた。

現在も、親たちの最期を引き受ける「家族代行ビジネス」などにスポットを当て、子どもたちが少しでも楽になる方法はないのかと、精力的に取材を重ねている。

どうすれば親から逃げられるのか、拒絶できるのか、それがこれまでの私の切実な関心事で、物理的な解決策を探ることが何よりも不可欠だったのだ。

そんな私がなぜ再び母と向き合ってみようと思ったのかというと、臨床心理士の信田さよ子さんのオンラインセミナーにひょんなことから参加する機会を得て、「母親研究」という言葉を知ったことによる。

信田さんはご著書『増補新版　ザ・ママの研究』（新曜社）のあとがきで、こう書かれている。

「なんとか押し潰されず、母から距離を取るためには、娘たちがつながらなくてはならない。つながるとは、まず『自分だけではない』と知ることだ。そして、『母親研究』することだ。研究は母親を対象化することであり、ドローンのように斜め上から俯瞰することである。この視点、この位置を獲得することで、これからの長い人生を、少しだけ母から解放されて生きていけるはずだ」

しかし、「母親」の歴史と向き合うのは気が進まなかった。母は忘れたい存在だったし、それは何よりも、自らの傷を抉り出すような、とてつもなく「痛そう」という予感があったからだ。しかし前掲書を読み進めるうちに、母親を対象化することは、決して自分を苦しめるわけではなく、むしろ自由にすることなのかもしれないと思うようになった。信田さんの言葉に力を得て、改めて私なりに母を研究してみようと、重い腰を上げたのだった。

私なりの「母親研究」の始まりだ。

うすぼんやりと、だが時折くっきりと思い出すのは、母とのドライブだ。母は週末が来ると、よく車を走らせて祖父母が住む実家に帰っていた。私はその助手席に座って移り変わる風景を眺めるのが好きだった。

母の実家は、山の中の過疎地域にあった。新興住宅地にある私の家から車で一時間ほどだろうか。いくつもの山を越えて、急すぎる無数のカーブを曲がり、急峻な川にかかる橋を渡ると、祖父母の家が見えてくる。

祖父母の家は田舎にありがちな、だだっ広い畳敷きの屋敷で、居間には仏壇が二つ並んでいる。まずは仏壇に手を合わせてから、どこまでも部屋や廊下が続いていそうな空間を端から端までドタドタと走り回って遊ぶのが恒例だった。その光景はセピア色の残像となって、今もくっきりと脳裏に浮かび上がる。

祖母はいつもかぼちゃの煮っころがしと、きなこをたっぷりとまぶしたぼたもちを作って、優しく私たちを受け入れてくれた。正月はこたつに入りながら、親戚一同が会しておせちを食べる。そんなありきたりな田舎の家庭の原風景が広がっていた。

しかしそんなのどかな時間が、時たま一変することがあった。それは真っ青に晴れ渡った空が、気がつくと不穏な雲に覆われ、雷雨が叩きつけてくるような感じだった。

私はその出来事を、子ども心に「あれ」と名づけた。「今日は『あれ』が起こりませんように」と祈るようになった。何事もなく楽しく祖父母の家を後にできる日もあった。

しかしそんな私の願いも空しく、何の前触れもなく「あれ」は起こる。「あれ」が起こると、私は、おろおろするしかないのだった。

「あれ」は、いつも突然起きた。きっかけは、祖父母が誰か母の兄弟のことを何気なく褒めたときだったように思う。それまで普通だった母が、いきなり祖父母に逆上し、目をひん剥いて、ありったけの感情を祖父母にぶつけるのだ。

「なんで〇〇ばっかり褒めるの！　私を愛してくれなかったの！」

母は毎回そのようなことをいうと、泣きじゃくって祖父母を責め立てた。一度「あれ」が始まると、こたつの上のみかん越しに、私はその行く末を息をひそめて見つめるしかない。

母と祖父母の間に挟まれて、私はいつも心が引き裂かれそうになった。「あれ」が始まると、二者の怒号は徐々にヒートアップする。そうなると、子どもの私はただ悲しくて怖くて、見守るしかない。私は目じりにいつも涙を浮かべながら、怯えていた。

母に対する祖父母の答えはいつも決まっていたように思う。

「そんなことを子どもにいわれる筋合いはない。兄弟みんなに平等に接していたつもりだ」

私はその答えが母を納得させるものではないことを薄々わかっていた。予想通り、母はさらに祖父母とやり合い、最後は「うわぁぁぁぁ」と喚きたて泣きじゃくるのだ。

「久美子！　もう帰るよ！」

母はそういうと、私の小さな手を引っ張って車に駆け込んだ。車内に戻った母は、ハンドルに顔をうずめ、いつもしばらく動かなかった。

「あれ」の起こった帰り道は、私にとって行きと打って変わって恐怖でしかなかった。命を落とすんじゃないかと思うほどの、荒々しい母の運転。私はただただそのハンドルさばきに怯え、身を縮こまらせていた。

「母親研究」の上で欠かせない、母の生い立ちに目を向けてみる。

団塊の世代で、第一次ベビーブーム世代でもある母は、五人兄妹の三女として生まれた。母によると、長女と末っ子は、上と下だから可愛がられた。真ん中は生徒会長を務めるほどに勉強ができた。跡継ぎの長男は男というだけで、大切にされた。しかし四番目の母は、親にとって影が薄かった。いずれにしても、母は透明な存在として、ずっと両親に放置されてきたのだという。

しかし、私が知る祖父母は、温厚でとても優しい人だ。だからこそ、あんなに優しい祖父母が母を傷つけていたなんて、当時は想像すらできなかった。

記憶の断片として焼き付いているのは、「あれ」のときの母の表情だ。母の顔は大粒の涙によってファンデーションが剝がれ落ち、ブルーのアイカラーと真っ赤な口紅が混じり合って、どす黒い色に変わっている。私は、カッと瞳孔の開いた目と母の変わり果てたグロテスクな顔が恐ろしくて仕方なかった。

しかしそんなことがあったかと思えば、しばらく経つと、母はまるで全てを忘れたかのように、再び車を実家に走らせた。そして祖母たちは、いつもと変わらない優しい笑顔で、かぼちゃの煮物とぼたもちを準備して、私たちを出迎えてくれるのだった。

どこかちぐはぐな母と祖父母たち。母と祖父母の間には、子どもにはわからない闇がある。しかしそれがなんであるか理解するには、私はあまりにも幼すぎた。

母はかつては中学校の国語教師だったが、大学時代に知り合った同じく教師の父と結婚して専業主婦になり、長女である私を産む。私が物心がついた頃には父と母は常に喧嘩をしていて、諍いが絶えなかったように思う。

「あんたがいなければ仕事ができた。今からだって、あんたを川に流すことだってできるんだからね」

母はそういって、私を脅した。母が生きたのは専業主婦が当たり前の時代だ。結婚によって仕事を諦め、夫に絶望した母は、私を自分の身代わりのように仕立てようとしていたのだと思う。

私は三歳からピアノを習わせられ、一音でも外すと棒で激しく叩かれた。少しでも母の気に食わないことをすると、首を絞められ、毛布でぐるぐる巻きにされて、「お仕置き」をされた。これは明らかな虐待である。

しかしそんな言葉すら知らない私は、懸命に母が喜ぶことにまい進した。母がいうままに作文を書き、コンクールで大賞を取り、賞状を手にして学校から喜び勇んで母のもとに駆けていった。「お母さん、賞を取れたよ。私の大好きなお母さん！」母が望むように生きていきたい、それが私の喜びでもあった。母に認めてもらうことが何よりも嬉しかった。

そんな生活が終わりを告げるとは、夢にも思わなかった。私に弟ができた途端、手のひらを返したかのように、母は弟を溺愛するようになったのだ。

私がどんなに学校で頑張っても、褒められることはパタリとなくなった。

同世代の子育てをしている友人から、「男の子はかわいいけど、女の子は可愛くないんだよね」という言葉を聞くことがある。私はそれを聞くと、いつも胸がキューッと締めつけられる。そうやって、きょうだいに差をつける行為は、子どもにとって残酷な死の宣告に等しい。

そんな母だったが、ふと私に優しさを見せる瞬間があった。嬉しそうに、二人分の通帳と印鑑を自慢げによく見せるのだった。

「ねぇ、久美子。これは〇〇（弟）と、久美子の通帳。二つに同じ金額ずつ、分けてあるから。こうやってお母さんは二人分、お金をちゃんと貯めているからね。お母さんは、おじいちゃんたちから、平等に服も買ってもらえなかった。だから私はあんたたちを平等に育ててるの。お母さんとお父さんが死んだら、遺産も家も全部半分こだよ」

母は子育てにおいて強迫的なほどに「平等」にこだわっていた。私はお菓子もおもちゃも弟と平等に買ってもらえた。母は自らの幼少期の辛い経験を通じて、私たち兄弟に平等にお金や物を与えることはできた。しかし肝心の「愛」を平等に与えることは、できなかったのではなかったかと感じる。それは、母が親から受けた「傷」のせいかもしれない。それと同じ傷を、母は私にもくっきりと刻み込んだのだ。

そんないびつな母との関係は、私の人生に多大な影響をもたらした。こうやって振り返ってみると、私の抱える「生きづらさ」の源泉は、母との関係にあったように思う。

母の顔色ばかり見て生きてきたこともあり、私は自己肯定感が低く、常にオドオドした性格となった。まるでピエロのように人の前でへらへらして、誰にでも媚びへつらってしまう。たとえ自分の人格を貶められても、素直に怒りを表明することができない。これは今でも変わらない。

家庭で人格のない存在として扱われることには慣れっこだった私が、学校でいじめの餌食になるまでさして時間はかからなかった。

学校という閉鎖空間は、弱肉強食の社会だ。弱い人間はすぐに見抜かれ、格好のターゲットとなる。小学校中学年になると、私はクラス全員から無視され、少しでも誰かに近づくと「死ね」「クズ」「キモイ」と罵られるようになった。いじめは人の心をじわじわと殺す行為である。精神的、肉体的になぶり殺しにされた私は、ついに不登校になった。そして家にひきこもるようになる。

ちなみに、母の「愛」を一身に受けた弟は親が望む通り教員になり、順風満帆の人生を送っている。そして、大人になった今でも母は弟を溺愛し、弟は弟でクリスマスには母にバッグを送るという恋人同士のような蜜月の関係が続いている。

しかし私はというと、弟とは真逆に挫折だらけの人生となった。結局、中学2年間一日も学校に行かずに、ひきこもって過ごした。そして自殺未遂を何度も繰り返した。かろうじて県内でも底辺校と呼ばれる高校に進学し、そこではいじめは無かったものの、中学時代に遅れた勉強を取り戻せず数学などは赤点ばかりを取っていた。

その後は、大学の推薦入試で進学。一人暮らしをして親から離れたことで精神は持ち直したものの、世渡りが下手で、会社員生活は長続きしなかった。なんとか書く仕事で生計を立てているが、今もこの社会に対して抱える生きづらさは変わらない。

それでも日々、何とか生き延びている。

ここまで書いてきて、ふと感じたことがある。

母親研究とは「自らの生きづらさ」を辿る作業なのかもしれないということだ。そして、生きづらさが自己責任ではないことにふと気づくと、その作業は自分自身を抱きしめることになるのかもしれない、とも。

私はいいたい。全ての「生きづらさ」を感じている人たちに、それは決してあなただけではない、と。それを全て自分のせいにして、どうか自分自身を追い込まないで欲しい、と。

ひきこもり時代に母に詰め寄ったときのことが時折フラッシュバックする。私にとって、ひきこもり時代は、苦しみの連続だった。近所の目を気にして家から外に出ることができず、学校の勉強はどんどん遅れていく。社会から取り残されているという不安とプレッシャーで心が毎日押しつぶされそうになる。

ストレスが爆発すると、私はその怒りを母にぶつけた。中学生になると、私の背丈は母をゆうに越え、互角に張り合える以上の体力があった。母は、一日中家の中にいる私に怯えるようになっていたのだ。

「お母さんは私を虐待していた！　そしていつも弟ばかり可愛がってた！　認めろよ！」中学生の私は大声で泣きながら、母をそう責め立てていた。

「そんなことをした記憶はない」

私が過去の虐待を問いただすと、母は「覚えていない」という言葉を繰り返し、私からいつも逃げようとした。私は怒りのあまり、部屋中のものを手当たり次第に壊した。

なんでこんなことをしているんだろう。一方で、そんな冷めた思いもよぎったが次々と湧いてくる怒りと悲しみが止まらない。苦しさや切なさといった感情が、「うわぁぁぁぁ」と体中から見えないマグマのように強大なエネルギーとなってあふれ出してくる。そんなことが何度かあった。

しかし今思うと、それは私が怯えた「あれ」と同じだったのだ。

あの畳敷きの広い祖父母の家、セピア色の記憶の断片――そこでは、母が祖父母を激しく罵っている。私がただ目をぱちくりさせて傍観しているしかなかった世界。

そのときの私はなぜ母は高齢の祖父母を罵倒するのだろうと不思議に思っていた。だけど、今ならわかる。

憔悴し、化粧が落ち切った真っ白な能面のような母の顔が、脳裏にふと浮かび上がる。母に詰め寄る中学生の私は、祖父母に詰め寄る母の顔とそっくりだった。

私から罵倒され困惑する母の顔が、かつての祖父母の顔へと入れ替わる。その二つの光景は精巧な複製画のようにぴったりと重なり、ぐちゃぐちゃになってもはやどっちの出来事かわからなくなる。いつしか二つの出来事は一つに混じり合い、映画のストップモーションのように、記憶の残像として私の脳裏に焼き付けられる。

私の「うわぁぁぁぁ」という叫びは、あのときに見た母の叫びと同じだった。

母と私は、幼少期の苦しみを誰にも受け止めてもらえなかった。だから「あれ」が起きて、感情のマグマがあふれ出し、「うわぁぁぁぁ」と赤子のように泣き叫ぶしかなかったのだ。

私は「母親研究」という言葉に出会い、これまで見て見ぬふりをしていた過去のトラウマを引きずり出した。しかし、それは同時に自らの癒えない傷をも抉り出すということだった。

それでも「母親研究」をして良かったと感じている。母が幼少期に受けた傷と同じ傷を私も背負っていたのだと気づき、ようやくそんな自分自身をも受け入れることができたからだ。

以上が私のいわば模範的な「母親研究報告」なのかもしれない。

しかし、私はふと思い出してしまう。母が実家を飛び出し、車の中でハンドルに顔をうずめて泣き崩れている姿を――。いつだったか、小さい私はそっと母の肩に手を触れた気がする。そのときなぜ母に触れようと思ったのか、覚えていない。だけど当時の私は母に触れずにはいられなかった。

「お母さん、泣かないで。大丈夫だよ」

そんな声をかけたか、かけていなかったか。あのときの母の肩は震えていて丸く、でも温かく、小さな私よりもずっと小さく見えた。お母さん、苦しかったよね、切なかったよね。だけど、私も辛かった。お母さんと私は、ずっと一緒だったんだから――。

私と母は、きっと今もしっかりと絡み合っていて、もつれあって、ここにいる。母とはそうやって、現在も繋がっている気がする。だから、私が救われるだけでなく、あのときの母も救われて欲しいと願っている。

私は母の苦しみの歴史、そして自分自身の苦しみと長い長い回り道を経てようやく向き合いつつある。今後、母と再会することはないかもしれない。しかし、母と会わなくなった今だからこそ、なぜだか、正面から膝を突き合わせているような気がするのだ。

事故物件に刻まれた「生」の証

世の中はこんなにかわいいもので溢れているのに、なぜ手に取ることを躊躇してしまうんだろう。

そう思ったことがあるのは、私だけだろうか。

それと出会ったのは、いつぞやの夏だった。仕事の帰り道に寄った、デパートの雑貨屋さんの片隅。キッチンコーナーの端のグラスの中にあった、金色のティースプーンだ。今にも折れそうなぐらい細く、柄の部分には、紫色の六角形のラインストーンがはめ込まれている。それは店内の照明に照らされて、まばゆいくらいに輝いて見えた。

その横にはパール色の姫系ティーカップ、大きな花柄にフリフリのレースがついたパステルカラーのエプロンが並んでいる。

「かわいい！」

私の中の少女がムクムクと頭をもたげ、目を輝かせる。心が浮足立ち、ときめくのがわかる。

思えば街中を歩くといつだって、いたるところに「かわいい」モノたちは点在していて私を誘惑している。世界中がうっとりするような笑みを浮かべた「かわいい」モノたちは、大いなる愛に包まれているようで屈託がない。

ティースプーンの値段は、５００円。銀行のＡＴＭでお金を下ろしたばかりということもあって、財布の中にはそれを買う余裕は十分にあるのを知っていた。

しかしティースプーンを手に取ると、もう一人の自分が、残酷にも少女にこう告げた。

「あんたなんか、あんなかわいいものなんて、似合わないのよ」

そうやって少女を上から見下ろす自分はどこかニヒリスティックで、そして、強大だ。私の中のかよわい無垢な少女は一瞬にして、くしゃりと押しつぶされてしまう。

私はそっと、そして無意識にティースプーンを元の場所に戻した。その瞬間、急に無力感がのしかかってくる。それまで軽かった足取りが重くなり、また一つ、背中に小石が積み上げられたような感覚に陥る。そんな日を何事も起こらなかったように繰り返していると、それが「いつもの」代わり映えのない日常に思えてくる。

私は何も買わずに、雑貨屋さんを後にした。かわいいものを見た後、いつもなぜだか、何かを勝手に諦めて切なくなる。そして、その場から逃げたくなる。小さい頃からずっと「かわいい」愛のある世界に包まれたいと願っていた。だけど、こうやっていつも、自分にはその資格はないと感じながら、何かを押し殺して今まで生きてきた。

小さな無力感は、私の心と体にじわじわと降り積もっていたのだろう。そして気がついたら、鉛のような重さとなって、私の心と体をがんじがらめにしているのだ。

これまでいったいどれだけ、たくさんのものを諦めてきたんだろうか——。なぜ、いつから、「かわいい」モノを諦めるようになったのだろうか。

何も買わずに家路につくいつもの帰り道、ふとそんなことを考えた。

小さい頃、記憶の彼方に植えつけられた罪悪感が思い浮かんだ。それが未だに大人になった私の心の中でふとした瞬間に蘇り、古傷のように疼き、苦しめる。だから私は「かわいいもの」から、逃げたくなるのだ。

その正体を知りたいと思った。

思えば、それは私がずっと取材テーマにしている「孤独死」とも深く繋がっている気がする。私が孤独死の取材を始めて、八年になる。孤独死の取材をしようと思ったのは、ただの偶然にすぎない。事故物件公示サイトの運営者である大島てるさんとイベントで出会い、彼と共に事故物件の本を出すのが決まったことが全ての始まりだった。

事故物件は別名で心理的瑕疵物件とも呼ばれる。簡単にいうと、人がその中で亡くなったおうちのことだ。私にとって、おどろおどろしいというイメージしかなかった事故物件だが、調べていくうちに事故物件には、自殺や殺人など様々な種類の死因があることがわかった。大島さんは、本の制作にあたって私にサイトに寄せられたばかりの「ほやほや」の事故物件の情報を送ってきた。

しかし、その中には、自殺や殺人という物件はほとんどなかった。

取材を始めるうちに、事故物件のほとんどを実は孤独死が占めていることを私は知った。9割近くが、孤独死によるものだったのだ。

そうやって、孤独死現場を巡る中で、私はある共通点に気がついた。

孤独死した人の多くが、自らと同じ社会に対する「生きづらさ」を抱えていることだ。

ある人は離婚によって、ある人は失業によって、ある人は会社でのパワハラによって苦しみ、社会から孤立してこの世を去った。

私は夢中になって孤独死現場に足を運んだ。彼らの死が他人事だとは思えなかったのだ。

防護服を身にまとい、防毒マスクをして特殊清掃業者と共に、最初に現場に足を踏み入れる。そこにはいつも、遺族すら入ることを嫌がる凄惨な死の現場が広がっていた。床には白い蛆がニョロニョロと這いまわり、無数の蠅が顔にぶつかってくる。そして、思わず吐き気を催すようなまとわりついて離れない甘ったるい死臭に、こげ茶色の人形の体液――。

私は、物件に入るとなるべく息をしないようにして、業者とともにときには壁紙を剝がし、どろどろになった体液をふき取るなどして、過酷な清掃作業を手伝った。

そんな現場を数えきれないほど経験してわかったのは、これまでの私と同じように様々なものに絶望し、その場に崩れ落ちるしかなかった無数の人たちが、世の中にはごまんといるという事実だ。お部屋にはその人の「生」と刻印された「生きづらさ」の痕跡がある。それを見ていると、こんな世の中でいいのかという気さえしてくる。

だから世の中に伝えずにはいられなかったのだ。

彼らがどれだけ過酷な環境で、孤独に命を繋いでいたか。それを遺族さえも知らないまま、ひっそりと誰にも看取られずに、死んでいく。社会から隔絶された彼らは、死後長期間放置される。確かに他人である隣人たちにとっては、いい迷惑だろう。死後、「くさい」「迷惑だ」と鼻つまみ者にされる。

それだけではない。彼らはまるでその存在すらなかったかのように、「処理」され、床は張り替えられ、何事もなかったかのように、その物件に新たな入居者が入ってくる。私は、そんな現実に耐え切れなかったのだと思う。

孤独死現場には、ごみやモノがあふれた家、猫屋敷などの物件も多い。孤独ゆえに、ごみやモノを収集したり、世話できないほどの数の犬や猫を飼い、心の隙間をなんとか埋めようとする。

印象的な物件がある。ある50代男性は、1DKの自宅をまるで要塞のように固めていた。大好きな推理小説、そして、ヘヴィメタルのCDがそこかしこでタワーのように積まれ、そびえていた。しわだらけの青いストライプの敷き布団がその真ん中にあって、タワーは彼を守っているかのようだった。彼は、キッチン前で息絶えていた。体はぐちゃぐちゃに溶け、床下まで浸透し、白い蛆がうごめいていた。どの窓も締め切っているせいか、部屋中かびだらけで湿っぽかった。

ご遺族によると、あまりに時間が経ちすぎて彼の遺体は目玉が溶け落ち、死因も不明だったという。

彼の生い立ちを聞くと、どうやら父親から激しい教育虐待を受けて育ったらしい。教育虐待なんて言葉も全く浸透してなかった時代だ。成績が下がると父親に「音楽を聴きながら勉強なんか頭に入るものか！」と怒鳴り散らされた。それでも彼は、大好きなヘビメタのCDを狂ったように収集していた。

親の希望通り、国立大学を卒業後、一部上場企業に就職。しかし会社でミスをし土下座を強要されたのをきっかけに、数年で退職した。それから30年間にわたってこの自宅にひきこもり、貯金を切り崩して食いつないでいたらしい。

部屋を見た瞬間、彼は自らを守るために、要塞を築いたのだと思った。

ここにはもはや、自分を傷つける者は誰も存在しない、ここは生まれる前の母親の胎内のような最後の安息の場所だ。そう、この部屋は社会とは隔絶した島宇宙でもあった。

自分の心を引き裂くような親も、自分を貶める会社の人もここにはいない。彼はたった一人、都心の1DKのアパートという無人島にひきこもり、サバイバルしていた。そして毎日、本とCDで築かれた城壁を見ながら、30年間を生き抜いた。彼の居場所はここしかなかった。実家にいる父に退職したことを告げたら、激しく罵られるだろう。そう、あのときみたいに――。

父親がいる実家に帰るわけにはいかない。

だから、彼はここにひきこもるしかなかった。来る日も来る日もそそり立つタワーを見つめ、ただ同じ毎日を過ごした。床に無数のＣＤと本が転がっていて、道をふさいでいる。

孤独は人をじわじわと蝕んでいく。ご遺族によると、彼の歯は全て抜け落ち、体はボロボロでまるで老人のようだったという。だけど、彼には病院に行くという発想すらなかった。だってここは、孤独な無人島だからだ。壁一つ隔てた先には隣人がいる。しかし、彼にとって隣人はいないも同然だったのだろう。隣人は、言葉が通じない異邦人のようだ。外界は敵だらけ、そう、親ですらも――。

だから一人で生きていかなければならなかった。

彼は、本とＣＤに囲まれて、布団の中で来る日も来る日も眠り続けただろう。好きなものに囲まれて、今にも壊れそうな自分を守っている。

いつしか自らの体から、凄まじい異臭が漂ってくるのに気がついた。部屋がごみで溢れていて、エアコンはとうの昔に壊れて使えない。浴槽を洗う気力すらないため、風呂には入れない。だけど、この要塞が壊れるときは、彼にとっては自分自身がガラガラと音を立てて壊れるときだ。それが怖くて、ただ一日一日命を繋ぐので精一杯だった。

冬の寒さより、夏の暑さの方がこたえる。寒さは布団に丸まれば何とかしのぐことができる。しかし夏の暑さは手の施しようもなく、その命をも脅かす。孤独死が圧倒的に夏場に多いのは、そのためだ。

これだけインフラが整った日本であるにもかかわらず、彼が社会から孤立し、果敢にたった一人でサバイバルしていたのは明白だった。彼が外に出るのは、自分を守る城壁の一部となるCDと本、わずかな食料を買いに行くときだけだ。

しかし、要塞の壁ははく落し、いつしか自らの足元へと広がり、寝る場所さえ侵食して溢れていく。彼は自分の命を守っていた要塞そのものに呑み込まれつつあった。だけどそれが彼の支えである以上、手放すことなどとてもできなかった。

暑さにどうしても耐え切れない日、彼は冷蔵庫を全開にして、裸になってクーラー代わりに抱きしめて過ごした。だけど、彼は思っていただろう。今年はやけに暑い。連日40度近くに達したとニュースでやっている。

この暑さはいつまで続くのだろう。汗が止まらない。くらくらとする。意識が遠のいていく。吐き気がする。思わず倒れ込んでしまう。足も手も動かない——。最後、彼の目に映った光景はなんだろうか。

それは、天井に届くほど積み上げたタワーが、自らの重力によってガラガラと音を立てて崩壊していく姿だったのかもしれない。

彼は50代という若さで、命を落とした。凄まじい暑さが連日続いた真夏のことだ。恐らく、死因には暑さが関係しているはずだ。灼熱地獄が彼の命をまざまざと奪っていった。

そんなことを思いながらも、目の前の清掃作業は着々と進んでいく。ただそこにいるだけで汗が噴き出て、首に巻いたタオルはぐっしょりとしているのがわかる。こんなジャングルのような部屋の中で、彼は30年もなんとか生きていたのだと思うと、胸がしめつけられる。

特殊清掃業者の丁寧な仕事ぶりは圧巻だ。彼の生きた痕跡はあっという間に無くなっていく。フローリングの内部まで達した体液は、特殊な消毒液で中和され、丁寧に拭き取られる。そうして強力なオゾン脱臭機によって、臭いの全ては消された。そして、彼の命の灯だった本とCDはトラックいっぱいに詰め込まれ、あっという間に古本屋に運ばれていった。彼を支えていた城壁の一部は、今頃店頭に並んでいるのかもしれない、と思う。

要塞が瞬く間に崩れ、どこにでもある何の変哲もない元通りのアパートの一室へと再生し、ピカピカとなっていく。30年間ずっと締め切っていた窓が開き、心地の良い風が抜けていくのが防護服越しにわかる。

私は、一通りの片付けが終わると、アパートを後にした。もはや要塞は跡形もない、普通の部屋。それをみるとホッとする反面、彼がこの地上から消えてしまったように感じて、なぜだか心が押し潰されそうになってしまう。

いつも孤独死物件で、きれいになった部屋を見て、思う。あなたの魂、そして思いはいったいどこに行くのだろう。あなたが生きてきた痕跡は、このまま「何もなかった」ように再生されてしまうの――？

現場から帰宅すると、私は防護服の隙間から入ってきた体液の臭いを落とすために、頭からシャワーを浴びる。そして、洋服の全てを洗濯機に入れ、スイッチを押す。鼻の奥までこびりついた死臭を消すために、鼻洗浄をする。

そして誰もが寝静まった深夜、私は再び、彼と向き合う。

遺族に聞いた彼は、世の中に絶望し、弛緩しきった表情でよれたシャツを身にまとった中年男性だ。

私も彼もきっと知らず知らず「生きづらさ」という重しを背負っていた。体中に重しをぶら下げていて、それが体の自由を奪い今にも崩れ落ちそうになっている。重しの多くは、きっと「親」によってつけられたものだ。そういった意味で、私たちはどこか似た者同士で繋がっている。だから私は思うのだ。もしかしたら私は彼で、彼は私だったかもしれない、と。

遺族に聞いた彼の話を手繰り寄せる。彼にも少しだけ華やかな時代があったという。それは学生時代に彼がアルバイトで塾講師をしていたとき、女子生徒に人気だったらしい。夢の中に現れた彼はそのときのように、少しはにかんでいるようだった。私は夢であることも忘れて、必死に語り掛ける。

「あなたは、これまで一人でずっと頑張ってきたんだね。私はそれを知っているよ」

無表情な能面のような50代の顔ではない。真新しい音楽と本に囲まれて、得意げな塾講師の彼。バイトしていた塾で、女子生徒にキャーキャーと慕われていたときの彼――。その彼が、ふと私の面前に浮かび上がってきて、にこやかに語りかけてくる。

「そうだね。あなたも、もう自由になってもいいんじゃない。あのティースプーン、欲しいんでしょ」

彼が何もかもお見通しといったふうに言葉を返す。ドキリとする。

「うん。欲しい、ずっと、欲しかった」

少女の私が答える。生きているときには一度も会うことはなかった、彼。きっと街ですれ違うことすらなかった彼。それでも同じ時代を生きた彼。同じ傷を抱えた彼。そんな彼がいつしか誰よりも近い存在に思えている。

彼が夢で発する言葉は、単に私自身の内なる願望なのかもしれない。それでもいいと思う。自分自身を肯定することの大切さを、彼は気づかせてくれたのだから。

いつも押し殺していた、少女時代の自分。思えば私の母は、女である自分を異様に呪っていた。そして、母は同性である私に同じ呪いをかけたのだと思う。

私は小さい頃から、髪型をショートカットにされ、男物のズボンを穿かされて育った。だけど本当は、かわいい女の子になりたかった。

かわいいスカートを穿きたかった。髪をロングに伸ばしてフワフワにカールさせた、あの子みたいになりたかった。誰からも「かわいいね」っていわれたかった。だけど、我慢していた。

「お姉さんなんだから、我慢しなさい」「色気を出しなさんな、気持ち悪い」

そんな母の言葉は今も私をがんじがらめにしている。いつまでもまとわりついて離れようとしない。

現実の私は、もうくたびれた中年女性だ。だけど、もういいのかもしれない。あの少女の自分を、ありのままに受け入れてもいいのかもしれない。だって今の私は、本当は誰にも縛られてなどいない――。

夢の中の彼は、それを私に教えてくれたのだ。

私はある日、意を決してあの雑貨屋に入った。金色のティースプーンはまだ同じ場所にあって、変わらずキラキラと輝きを帯びている。いつも眺めているだけだったティースプーン。思い切って手に取って、レジに運んでみる。「かわいい」店員が、とびっきりの笑顔でティースプーンを袋に入れてくれた。

――もう大丈夫。かわいいものを諦めなくてもいいんだ。

繊細な柄をした金色のティースプーン。それは、今、確かに私の目の前にある。それはようやく私の部屋の一部となり、自然に溶け込んでいる。

柄の真ん中に埋め込まれたラインストーンが反射して、キラリと光を放つ。ずっと私に似合わないのだと我慢していたもの。だけど、かわいくてときめいたもの。ずっと欲しいと思っていたもの。普通のスプーンより、一回り小さく華奢でキラキラ輝くそのティースプーンは、まるで金属などではないようにふわりと軽い。それは、私がずっとなりたかった少女の幻影そのものなのかもしれない。一方で、ひたすら重い、私の体と心。それを私は手放せるのだろうか。ティースプーンは、何かの景品で当たった10年物のマグカップとは不釣り合いだ。それでも私の中の少女は無邪気に、そして嬉しそうに目を輝かせている。

「ねぇ！　これ、すっごくかわいいね！」

もう一人の私が、心の中ではしゃぐ。

「うん、かわいいね」

二人の自分がそう言葉を交わすと、すっと一つに交じり合うのがわかった。それは、ちぐはぐだったバランスが回復していくような感覚だ。もう、自分の中の少女を殺さなくていい。少しだけ呼吸が楽になり、ふっと息を吐きだす。私は、いつしか泣いていた。そして、気づいた。ようやく私は抑圧していた自分自身を肯定しつつあるのだ、と。

反目し合っていた少女と私が融合することで、苦しみから解き放されつつあるのだと。

人生とはそうやって、傷を受けた自分自身を少しずつ取り戻し、何とか修復していく作業なのかもしれない。それはかけがえのない他者という存在によってかもしれないし、ふと目の前に現れた小さなティースプーンによってかもしれない。

だけど私は、思う。自ら回復することすら困難なほど傷つき、地面に崩れ落ちてしまったたくさんの人々のことを。要塞を築くしかなかった無数の「彼ら」のことを。

孤独死の取材の中で、そんな人たちと向き合ってきた。孤独死の背景には、社会的孤立がある。「彼」のように、ただ自らの重みによって、その場にうずくまるしかない人たちがいる。

彼らはその存在すら知られず、ときには無縁遺骨となって、ひっそりと埋葬された。遺族もおらず、たとえいても現れることなく、死んでもなお社会から孤立している人たちがいた。私は彼らの「代理人」となって、まだほのかに温かさを持つ遺骨を持って、火葬場で佇んだこともあった。

「彼」のように、亡くなってから、そんな人たちと初めての出会いを果たしてきた。亡くなってからしか、出会うことができなかったのが歯がゆい。そしてそんな社会が、この世の中が、やるせない。人が言葉なく崩れ落ちてしまう社会で、果たしてそれでいいのだろうか。誰にだって一人で這い上がるのは、困難なときもある。だからできることなら、彼らとも命あるうちに出会い、繋がり、語り合いたかったと思う。だって、たった一人で、その重さと向き合うには、あまりに辛すぎるから。それを私は痛いほどに知っているから。きっと私たちは、繋がれるから。

自分に押しつぶされる前に、命の灯が消える前に、自分にまとわりついて離れない鉛のような重さから、誰もが少しでも解放されるような社会であって欲しい、と切に願うのだ。

私を縛る容姿のコンプレックス

休日の朝、パジャマ姿のまま、洗面台の鏡と向き合う。いつものようにゴシゴシと雑に歯を磨く。寝癖でボサボサになった髪に櫛を通す。ストレートのミディアムヘアは櫛が毛先に下がるにつれて、枝毛が引っ掛かる。いつものことで、私は時折「いたたっ！」と心の中で悲鳴を上げる。一通り髪を整えボーッと鏡を見つめていると、毛根から数センチほど強いウェーブが出てきていることに気づいた。特に前髪はあらぬ方向に飛び跳ねている。

もうすぐ本格的に梅雨が近づいてくる。そろそろ縮毛矯正のために美容院を予約しなきゃ、とぼんやりと考える。

そんな日常を繰り返して、何年になるだろうか。両親共に代々激しい天然パーマの家系ということもあり、癖毛を受け継いでいる。だから定期的に縮毛矯正を掛けなければ、髪がうねって暴れ出し、全く収拾がつかなくなる。特に梅雨の時期は水分を含んで、髪が膨張するのでやっかいだ。

ダメージの強い縮毛矯正剤と高温のアイロンで定期的に痛めつけているからか、私の髪はパサパサとして張りがない。美容院のトリートメントは恐ろしく高いので、お勧めされてもいつもケチって苦笑いで断っている。

しかし次回の美容院では、さすがにあの高いトリートメントにも手を出すべきだろうか。あれは近所の定食屋のランチ代、何回分に匹敵するのだろう。あぁ、また余計なおカネがかかる、やっぱりやめよう。そんなことをうだうだ考えている。

そういえば、私はこの髪と何年付き合ってきたのだろう。そんな思いが、ふと脳裏をかすめた。それこそ、人生ずっとなのではないか。私はこうしていつも自分の髪に苛立ちと小さな痛みを抱えながら、物心ついたときから今日まで、鏡の前に立っている。

よく考えれば髪は体の一部なのだから、生まれたときから自分自身と共にある。あってもなくなっても、髪はその人の人生と切っても切り離せない。

髪について考えるとき、ささくれ立ったような小さな痛みを心に感じるのはなぜだろう。この痛みは、どこから来たものだったか。

髪についてまず私が連想するのは、なぜだか私自身ではない。思い浮かぶのは野原を一緒に駆け回ったワンピース姿のあの子のことだ。

私の視線の先には、いつだってあの子がいた。栗色がかった胸まであるサラサラのストレートの髪をなびかせていた同級生のあの子。名前もかわいくて、確か外国の子みたいな呼び名をしていたんだったっけ。

あの子は無邪気な反面ゾッとするほどいじわるで、女の子の誰かを仲間外れにしたかと思えば、気まぐれに再び仲良くする残酷なゲームを楽しんでいた。私はいつも彼女のゲームのターゲットになった。それでも私は彼女の近くにいる瞬間、不思議と幸せだった。

太陽の真下にいると、あの子の細く澄んだ髪はオレンジ色に透き通り、キラキラとした輝きを帯びる。彼女はそんな髪をときにはお下げ、ときには白のレースのヘアバンドで飾ったりして、私に自慢げに、見せつけるのだった。ひらひらのワンピースに、走るたびに肩の上で躍動し、揺れる美しい髪――。

自分の髪に何気なく手を触れる仕草も可憐で、どことなく儚げだった。私はそんな彼女の髪を見るのが好きだった。私にはないものなのに、さも当たり前のもののように身につけているあの子が心の底から羨ましかった。

あの子の周りには時折、クラスでもかっこいいといわれる男の子たちが自然と群がっていた。彼女の周囲に男の子たちがいるとき、いじめられっ子の私は近づくことは許されない。それは暗黙の了解だった。私は彼女の姿を遠目で指をくわえて見ていた。

いつしか彼女と同じく私も「女の子」であることを自覚し、洗面台の鏡の前に立ってみたことがある。しかし、鏡に映る自分の姿は、私を憂鬱にさせた。

母親に髪を長く伸ばすことは禁じられていたため、年中ショートカットだった。墨のような漆黒で見るからに重く剛毛で量も多い。それが天然パーマによって膨張し、タコの足のようにそれぞれバラバラに踊っているのだ。横にくねくねと広がる髪に覆われた私の顔は、まるで神話のメデューサさながらで、あの子とは別の生き物のように思えた。

　私は鏡の中の自分を見て、そのたび小さな傷を負った。よくよく全身を見回せば、あの子と違うのは髪だけではなかった。私がいつも身にまとっているのは母親から渡された親戚の男の子のお下がりのズボンに男物の大判Tシャツだ。全てが違い過ぎているのは明白だった。

　それでも私の中に宿る少女は、いつも「女の子」になりたいとどこかで願い続けた。だから苦しかった。そのときから、私にとって髪はやっかいなものでいつも自己嫌悪の沼に突き落とす体の象徴になっていった。

　鬱屈したコンプレックスは、まるで肥溜めのように心の中に堆積していく。それは、いつしか鉛のような重さとなり、その人の人格を蝕む。私はそうやって小さいながらも深い傷を、知らず知らずのうちに塵のように積み重ねていった。

　あなたにはあなたの良さがある、ともの知り顔で誰かはいう。だけど、それが偽善であることを私は幼心にずっと感じていた。

　小さなコンプレックスであれば人は自分の中で折り合いをつけて生きていくことができる。しかしそれが誰かにケアされないまま極端に増大したり、悲しみが強烈な憎しみに転換されると、ときには社会のマグマとなってあらぬ形で噴出したりするだろう。

　その結果、事件を起こし社会を賑わせる人間にいつもどこか共感を覚えてしまっていたのは、同じ「傷」を彼らに見出していたからかもしれない。

そんな私も中学生になると、髪を自由に伸ばせるようになった。いつしか自分よりも体が大きく成長した娘に少しだけ怯えるようになった母親は、以前ほど私の容姿に口うるさくなくなったのだ。

だから私はここぞとばかりに2年以上かけて髪を伸ばした。しかしいざミディアムヘアまで髪を伸ばしたら、また別の憂鬱が私を襲うのだった。

天然パーマの髪の毛は、ゴムで縛っていないと横に広がってしまう。いつかの「あの子」のように、サラサラの髪をなびかせることなんて、夢のまた夢だった。ドラッグストアで買ってきたストレートパーマの薬剤を試したりもしたが、髪のうねりは改善しなかった。

母親に大粒の涙を浮かべ、泣きじゃくりながら、「美容院でストレートパーマをかけたい」と懇願したのは中学何年生のころだったか。あの日なぜよりにもよって母親に直談判したのか、覚えていない。ただ、積もりに積もった思いが滝のようにとめどなく溢れ出して、止まらなかったことだけは鮮明に覚えている。あのときに感じた激しい感情の高まりは、20年経った今も私の心をざわつかせる。

お金のこととなると徹底的にシビアで、いつもなら絶対に折れない母親が何の気まぐれか、それとも私のあまりの形相を哀れに思ったのか、とにかく切実な訴えに根負けして、近所の激安美容院で一万円以内のストレートパーマならお金を出してもいいといった。今考えても奇跡だったと思う。

私は母親の気が変わらないうちに、喜びいさんで美容院に向かった。そして美容師の手によって確かにその日は、艶々のストレートヘアに変身した。それは今までの自分と見違えるようだった。

しかし数日経つと、徐々に私の髪にはうねりが戻ってきた。絶望的な気分になり、元通りになった髪を振り乱して泣きに泣いた。

癖毛を治す方法は二種類ある。軽い癖毛のボリュームを抑えるストレートパーマと、癖を根元からまっすぐにする縮毛矯正である。私がかけたのはストレートパーマの方だったが、それでは私のような強い天然パーマには土台太刀打ちは不可能なのだった。

中学生時代、縮毛矯正の走りである『Mrハビット』という技術が話題になっていた。美容院では、『Mrハビット』はどんなうねりでも取ってくれる画期的な技術だと謳われていた。

美容技術の進歩した現代において、縮毛矯正は2時間ほどで済むお手軽な技術になった。金額も抑えられ、安い美容室では1万円でおつりがくる。

しかし当時は4～5時間の施術時間が必要で、金額も4万円以上と異様なほどに高価だった。中学生はおろか、大人でもなかなか手を出せる金額ではない。どう考えても、ケチな母親が私のためにそんな大金を出してくれるはずがない。だからこれ以上を親に望むのは無理だと思った。

それでも私は、ずっとサラサラのストレートヘアに憧れていた。『Mrハビット』をやりたくてたまらなかった。縮毛矯正を掛け念願のサラサラのストレートの髪を手に入れたら、おしゃれもしたい。ずっと暗黒だった私の人生は劇的に変わる。そんなことを夢見ていた。

それには、何が何でも自力で働くしかないと思った。高校に入ると、すぐに近所のファミレスでバイトをすることにした。

私が住んでいたのはド田舎ということもあり、働く場所は限られている。年中求人の張り紙がある近所のファミレス一択しかない。時給は当時の地元の最低賃金である580円。それでも高校生を雇ってくれるところは他にはなく、働けるだけありがたいと思っていた。

私は無事採用された。というより、常時だれでもウェルカム状態だった。なぜならそこは、すぐに人がやめると悪評高い職場だったからだ。数年選手の先輩バイトのいびり屋がホールを牛耳っていることを知ったのは、当然ながら採用された後のことである。

気が弱い新人の私は、すぐに先輩バイトの執拗ないじめのターゲットにされた。それだけでなく横柄な客から理不尽ないいがかりをつけられ、度々罵倒されることもあった。しかし私はそんないじめに遭ってもただひたすら働き、貯金をした。

そしてある日バイト代を握りしめて、美容院に向かった。いよいよ決戦の日はやってきたのだ。

初めての縮毛矯正、私は生まれ変われるのかもしれない。そう思うと、ドキドキが止まらなかった。

美容師によって何度も頭皮に薬剤を塗りたくられる。辺りには、目がシバシバするような、嫌な化学薬品の臭いが充満している。その臭いに耐えながら、高温のストレートアイロンで毛根という毛根を毛先まで思いっきり引っ張られ、シャンプーで薬剤を何度も洗い流した。そして4時間にわたって椅子に固定された暁に、ついに念願の縮毛矯正は完了した。

大きな鏡の前で美容師が最終工程のブローをし始めたときのことを私は今も忘れられない。私の髪は確かに頭の形にピッタリと添って、全ての毛先がまっすぐ下を向いていた。

「ほらっ！　終わりましたよ。触ってみてください！　サラッサラですよ！　頭のシルエットが小さくなったの、わかるでしょう?」

美容師は笑顔を浮かべてブローしたての髪に触れることを促した。いわれるがまま恐る恐る髪を触ってみる。

あまりに艶やかなため私の指からつるりと滑り落ちた。透明感のある、まっすぐに伸びた直毛。それは私がずっとずっと喉から手が出るほどに欲しかったものだ。

自分が自分じゃないみたいな感覚、こわばっていた体が少しだけ身軽になり、この世界からふわりと羽ばたけるような感覚を知ったのは、そのときが初めてだって気がする。

それまでは、鏡を見るたびに頭の中でずっと小さな蠅が飛び回っているようだった。それは、長年私の心と体を苦しめていた。別人のような自分の髪を撫でていると、自分に巣くっていた重さから解き放たれ、心が静かに浄化されるのがわかった。

指通りの良いサラサラのストレートヘアに生まれ変わった高校生の私は、一日中髪を撫で続け、ベッドの中で深い眠りについた。これが夢じゃありませんように、そう願いながら。朝起きて恐る恐る鏡を覗いても、私の髪は確かにまっすぐのままで、心の底から安堵するのだった。

しかし学校に行くと、同級生の忌憚なき洗礼が待ち受けていた。

「なんか毛先がめちゃシャキーンとしてない？」「髪、まっすぐすぎだね」

彼らはすっかり様相の変わった私に驚き、それぞれに違和感を口にした。それでも私は、良かった。周りが何をいおうがどうでも良かった。私が満足すれば、それでいいのだ。

いつかの記憶を辿る。あの日陽光の下、風に栗色の髪をなびかせた女の子——。あの子は、長くまっすぐに伸びた健康そうなストレートの髪を手持無沙汰にくるくると人差し指に巻いていた。

それは、女の子が何の気なしに行う自然な仕草そのものだったように思えた。

授業中、私もあの子のようにくるくるっと髪の毛を指に巻きつけてみる。なぜだか嬉しくて笑みがこみ上げてきた。

そうか、私はずっと彼女になりたかったのだ。いや、正確には「彼女に」ではない。私は彼女のような「女の子」になりたかったのだ。誰にでも愛され、可愛いといってもらえるピュアな存在になりたかったのだ。それはもしかしたら、「女の子」の幻想にすぎないのかもしれない。だけど、私はそんな「女の子」になれないまま、何かが欠けた生き物のようだとずっと思っていた。私は自分の中で作り上げたものに、一度だけでもいいから同化してみたかったのだ。

私の中の欠けた「女の子」は、コンプレックスと悲しみでぐちゃぐちゃに澱んだ水の中にいた。そんな「女の子」を私はようやく、救い出してあげたのだと思う。それは、沼の底に沈澱し続けていた「私」そのもので、いつか私自身の手によって解放してあげなければならないものだった。その作業は無条件に自分の女性性を自分自身で肯定するということに他ならなかった。

鏡の前で、記憶の奥底に仕舞っていた髪にまつわる歴史を引っ張り出してしまい、少しだけアンニュイな気持ちになる。こうして考えてみると私にとって「髪」の歴史は、生きづらさの歴史そのものだ。

やっぱり次回の美容院では長年ケチっていた高いあのトリートメントをお願いしてみよう！ 少しばかり高くたっていいじゃないか。もう、我慢しなくてもいい。そう突然思い立った私は、スマホを手に取り、美容院の予約ページを開くのだった。

第二章

私たちを縛りつける「性」

女性用風俗の現場から

女性用風俗、略して女風――。私が女性用風俗の取材を始めて、もう数年が経つだろうか。女風の利用者にスポットを当てたネット記事を何本か書いたら、しばらくして出版社から声がかかった。そのため、２０２２年は『ルポ女性用風俗』という新書を刊行、また某ウェブ媒体では「買う」女性たちを取材したルポを、約一年に渡って連載してきた。

私が女風を追い続ける理由とは、なにか。それは何より現代社会を生きる女性たちの「性」を巡る物語に、「切実な何か」が見え隠れするからだ。そしてそれは私自身の抱えている生きづらさと、どこか深層で共鳴している。

ちなみに、今の「女性用風俗」を取り巻く状況について、簡単に解説しておきたい。かつて女性向けの風俗は「男娼」と呼ばれ、日陰の存在だった。時たまメディアなどで面白おかしく取り上げられることはあったが、そのハードルは高く知る人ぞ知る密かな愉しみとして存在していた。

しかしそんな女性用風俗が、ここ数年で女性たちの間で大きなブームとなっている。

昔は有閑マダムのような一部の客層がメインだったが、今「買う」のは大学生からOL、そして専業主婦などといった客層に変化している。なぜ一般の女性たちが、女性用風俗に乗り出していったのか。その理由として、昨今のSNSや動画メディアの台頭が大きく関係している。店舗が積極的に女風をオープンに発信したことなどから、門戸が開かれた。経営者が堂々と地上波に顔を出すようにもなり、レズビアン風俗の体験漫画がTwitterで話題にもなった。またSNSを通じて、「セラピスト」と呼ばれる施術者と利用者が、直にやり取りできるようになったのも大きい。そんな時代の空気も相まって、女性用風俗は「癒し」というヴェールに包まれ、利用者側のハードルが低くなっている。店舗数が増え、近年は利用料金が低価格化したことも影響している。

ここまでが、今の女風を取り巻く、教科書的な解説になる。

しかし女性の利用者が増えたのは、そんな表層の理由だけではない。私が女性用風俗の取材を通じて知ったのは、それぞれベクトルは違えど、女性たちの「のっぴきならない事情」があることなのだ。

女性たちの「買う」動機は様々で、単なる性風俗という枠には収まらない多様さがある。

例えば、取材したある女性はハグをしてほしくて6時間にわたってセラピストとときを過ごした。また、ある女性は最愛の母親の死後、襲いくる孤独感や寂しさに耐え切れず、セラピストを何日も続けて呼んだ。そこには単なる性欲解消という単純な目的では割り切れない女性たちの生きづらさが横たわっている。

女風の利用者である会社員の麻衣さん（仮名・35歳）は、利用動機を尋ねる私にハッキリとこう答えた。

「自己肯定感を上げたかったんです」

話を聞くと、麻衣さんは女性用風俗を利用するまで、一度も男性との性経験はなかった。彼女にとって女風とは、イケメンとの癒しのひと時でも、めくるめく快楽に溺れることでもなかった。彼女にあるのは、ただ一つ、それは自らの自己肯定感を上げたいという切実さなのだった――。

麻衣さんは黒髪ショートカットの中肉中背といったいでたちで、気遣いのできる女性である。インタビューの最中も、鼻炎気味で洟をすする私を「大丈夫ですか？　辛そうですね」と心配してくれた。とても心の優しい女性なのだ。

麻衣さんが女性用風俗を知ったのは、「女性用風俗で自己肯定感が上がった」人の体験ルポ漫画だった。それで、自分も同じようになりたいと思い、チャレンジしてみることにした。

麻衣さんが長きにわたって自己肯定感が低く、男性に対して積極的になれなかったことには理由がある。それは、小さい頃から容姿のことで周囲にいじめられてきたのだ。物心ついたときから容姿をネタにされ、激しいいじめにも遭った。小学校の頃は、同じ背格好の女子と一緒に、男子から「ブス」「太い女」と暴言を吐かれることが日常だった。中学になると、一緒にいじめられていた子も手の平を返したように男子と一緒になって、麻衣さんの陰口を囁くようになる。まさに孤立無援だった。

それからというもの、麻衣さんは男性と関わることに対して臆病になっていた。自分みたいな人間が男性を好きになったら、相手にとって迷惑なんじゃないか——。

そうやって自分の気持ちをずっと押し殺していた。わかる、と思う。

私は人に比べて背が高かったこともあり、麻衣さんと同じく容姿を巡ってクラスでいじめられた。だから彼女がその経験によって、男性に対してどうしても一歩踏み出せず、自縄自縛となり「色々なものを諦める」ことに慣れてしまった気持ちがとても理解できた。

外見至上主義ともいわれるルッキズムがこれだけ騒がれる時代になっても、実際の世の中では、キラキラしている女性たちがもてはやされるのが現実だ。

私もずっとそんな女性たちを羨望の眼差しで指をくわえて見つめる側だった。存在自体が光り輝く女性たちを見ていると、圧倒されて自分がただの添え物になったような気がする。

なぜ、私はあの子みたいに華麗な存在になれないのだろう。可愛くて、誰からも愛される存在になれないのだろう。私は「空気」でしかないのに、それでも私の中の何かが疼いてたまらないのはなぜなのか。私だって、本当は愛されたい、可愛いっていわれたい——。でも自分なんて——。

その矛盾した感情が、苦しかった。行き場のない「満たされなさ」は、私を今もじわじわと蝕んでおり、離れない。そんな苦しみから、どうやったら自由になれるのか。

コンプレックスを抱えた女性が、性を通じて生きづらさ、そして、自己肯定感とどう向き合うのかというのは、私自身の命題でもあるのだ。

究極をいえば私や麻衣さんが求めていたのは、異性とのめくるめく初体験ではないだろう。そんな劣等感まみれの自分でも、肯定してくれる「他者」という存在だ。

麻衣さんが囚われているのは、幼少期に受けた傷によって、自らが作り上げた牢獄でもある。一度その牢獄に囚われると、体は大人になっても、心は不自由なままがんじがらめになってしまう。そして生涯にわたって、心と体に影を落とし続ける。

現に麻衣さんから「私なんて」「私でも」という自己卑下する言葉が度々飛び出すのが、自分事のように苦しかった。

降り積もった雪のように重く蓄積し、心をじわじわと殺していく言葉たち。まとわりついて離れない、重し。それを掃うには、「どうせ、自分なんて」という自己卑下する方法しかないのを私たちは知っている。

私も麻衣さんと同じく、そんな自分とどう向き合ったらいいのか、どうブレイクスルーしたらいいのか、模索し続けていたからだ。

とにかく麻衣さんはその方法として、女風を選んだ。自己肯定感を上げるために、女性用風俗で「買う」ことを決意した。

初めてのラブホテル――。麻衣さんにとっては、何もかもが初めてで新鮮だった。大きなガラス張りの浴室に、見たこともないキングサイズのベッドが鎮座している。ネットで選んだお相手のセラピストは、清潔感のある男性だ。

シャワーを浴びてベッドで起きたセラピストとの体験は、麻衣さんにとって一言でいうと「感動」そのものだった。麻衣さんは口でしてあげたり、舐めてもらったり、自分の体に指が入ったりする未知の体験をした。

彼女が思い描く性的な行為とは、ずっと美男美女にしか許されないものだった。いつだって麻衣さんは、蚊帳の外で男女の物語を見ているだけの傍観者だと感じていた。しかし今、それがまぎれもなく自分の身に起きている。

同時にそれを通じて、性的なことが特別なものではないのかもしれないと感じはじめた。セラピストに性的なことをされても、性的興奮というレベルまで到達することはない。それよりも男性とする「初めての」体験に麻衣さんはただただ感動したのだ。

あの瞬間までは――。それは、麻衣さんがふと、バスルームにあった鏡を見たときのことだ。セラピストと共に鏡に映る自分の姿が目に入った。

その瞬間、彼女は我に返った。突然現実に引き戻され、自分自身に嫌悪感が湧いた。やっぱり私は可愛くないし、太っている――。鏡に映る自分の姿を見て、そう感じたのだ。

麻衣さんの口から語られる情景が、頭にありありと浮かんで痛いほどに切なくなり、打ちのめされる。

突然頭を摑まれて揺さぶられる、あの感じ。ほらほら、しょせん私なんて、という内部から湧き上がるあの絶望。氷水を頭から浴びせられるような、ガツンとした衝撃。頭の中で響く呪いの言葉たち。

そんな自己との対峙は麻衣さんにとって、ものすごく「痛い」体験だったのではないだろうか。

イケメンのセラピストの隣で鏡に映っているのは、向き合うのをずっと避けてきた、まぎれもない自分自身だ。それは、自らのコンプレックスを見つめることでもあった。女性用風俗は、図らずもそんな現実を麻衣さんに突きつけたのだ。

しかし、逆説的に、はたと気づいたという。たとえ男性とセックスをしたからといって、自分のコンプレックスは解消されるものではない――。

麻衣さんはそのときを反芻するように、淀みなく語ってくれた。

「女風は私みたいに卑屈な人間だと、より自分と向き合わなきゃいけなくなる。女風が教えてくれたのは、コンプレックスは自分自身の問題だということ。それは、誰かの優しい言葉で癒されるものじゃなくて、私にとっては、もっと深いところにあるものだった」

女性用風俗を利用しても、当初期待していたようにコンプレックスという憑き物がポロリと剝がれるということはなかった。麻衣さんにとってその傷は心の深層に沈んでいて、時たま疼きだす。

だからこそ、救うのは自分自身しかいない。その痛みは自分で引き受けるしかないと、麻衣さんは女性用風俗によって悟ったのだ。

いつか自分にも彼氏ができたら、セックスをするだろうし、人に甘えたり、甘えられたりするのかもしれない。それはもしかしたら自分の生きている世界と地続きにあるかもしれない。そう思えたのは大きい。

しかしやはり一番の収穫は、麻衣さんが自らと向き合う機会を得たことだった。

彼女が性を通じて向き合うべきは、セラピストという生身の男性ではなく、自らの生きづらさの源だったのだ。

麻衣さんはその後、女性用風俗にハマることもなかった。勢いに任せて、ネットで知り合った男性とセックスしたりもしたが数回でやめた。試していくうちに、自分はあまり男性との恋愛や、性的なことに関心がないと気がついたのもある。

それよりも、麻衣さんは夢中になれる趣味や、仲のいい女友達をかけがえのないものだと思えるようになった。何より今は趣味の世界に没頭することが楽しい。舞台や映画の鑑賞が趣味で、傍観者としての立ち位置に身を置くのが楽しい。プリンセスのように物語の主人公になって翻弄されるよりも、その物語を俯瞰で見るような立ち位置にいることが好きだ。かつてのように自分を追い込まなくなり、そんな自分でいいと自然に思えるようになった。

麻衣さんは、女風を利用してより人生を謳歌できるようになったと笑う。

これからも続く自分の人生と、そして生きづらさと折り合いをつけるということ。それができるのは自分自身しかいないということ。鏡に映った自分は確かにコンプレックスまみれだったが、そんな自分と向き合う麻衣さんを通じて、私は勇気をもらった気がする。あなたも、きっと大丈夫だと。

活き活きと自らの性体験を語る麻衣さんの姿が今も私の脳裏に焼きついて離れない。煌びやかな世界に生きる芸能人の言葉より、私と変わらない日常を生きる彼女たちの自らの人生を見つめる眼差しはずっと心に響く。

もう一人、麻衣さんと同じく性経験がない中、女性用風俗を利用した女性がいた。

彼女は、麻衣さんとは全く別の道筋を辿った。

出版関係の会社で働く33歳の香織さん（仮名）は女風でセラピストに「沼った」女性だ。麻衣さんと同じく、香織さんも小さい頃から容姿にコンプレックスがあった。そして、ずっと自分に自信がなかった。男の人から告白されたことは一度もないし、体形もスレンダーではない。自分は女としてイケてない部類に属している。小さい頃から、漠然とそう思っていたという。

香織さんはずっと「男性を知らない自分が重い」と感じていた。だから女性用風俗で、男性と性経験をすることに決めた。緊張を払しょくするため、セラピストに会う前にチューハイを数本呷ったという。

香織さんはセラピストと体を重ねた瞬間を今も鮮明に覚えている。骨ばった男性の体に初めて触れたり、AV女優みたいに喘ぐことは、とてもワクワクする未知の体験だった。

しかし、次第に「心がぐらりと動かされた」のがわかったという。人や物に心を持っていかれて、のめり込むことを「沼る」というが、まさにその言葉がぴったりだった。セラピストに「沼る」問題は、女風の利用者たちの界隈でもよく話題に上る重要案件だ。

そもそもいくらお金が介在しているからといえ、性的な関係を持った男性に恋心を抱くなというほうが難しいだろう。だからこそ私たちは苦悩して、心も体もボロボロになったりして「沼って」しまう。香織さんは、そのときのことを赤裸々に語る。

「そのとき、初めて相手に執着しちゃう感じとか、独占欲が自分の中でムクムクと浮き出てくるのがわかったんです。これが漫画とかでよく出てくる嫉妬という感情なんだとか、歌に出てくる恋愛感情なんだってわかった。初めて男性と性的なことをして、その感情を味わって、あぁ、心と体は切り離せないって思ったんですよ」

香織さんがセラピストとの体験を通じて知ったのは、自らの感情の大きな揺らぎだった。大波のように押し寄せてくる切なさや、苦しさ。これまで恋愛のバラード曲のように手を伸ばしても届かない実体のないものだったが、それが自分の心と体に起こるのを香織さんは身をもって知った。思い通りにならない感情。ざわざわとする心の不思議な動き。香織さんはそれを初めて感じたのだ。

香織さんはセラピストに「沼った」ことによって、リアルな恋愛の「痛さ」を感じた。どこにも行き場のない感情に、自らが無防備に晒されることを知った。それは、大海に漕ぎ出した小舟のようでもあった。

彼女は一年以上にわたって、セラピストと関係を続けた。結局そのセラピストとは「切れる」ことになるが、聞く限り普通の恋愛のすったもんだと大差なかった。

香織さんは語る。

「女風を利用したら、きっと私は楽になれると思った。でも、それは間違いで、本当の苦しさって、その先にあったんですね。実際は、性体験よりも恋愛の方が比べ物にならないくらい難しかった。私の場合心を持っていかれたから。それは新たな苦しみでした。それでも処女の頃のような一人で思い悩んでしょい込んでいたときよりは、誰かと正面から向き合うほうが全然いいって思えるんです」

香織さんは、女風によって「恋愛」の表舞台に引きずりだされた。キラキラして見えたそれは一方では心の痛みと表裏一体だった。自分の心身をも揺るがす感情、それを徹底的に知るということ——。香織さんは、そんな体験をしつつも、なりふり構ってられない感情の揺らぎこそ、人生の味わいだと感じるようになった。痛みを引き受ける人生も、悪くないと思えるようになったのだ。彼女もまた麻衣さんと同じように、女性用風俗の利用によって別の形で新たなステージに踏み出したのだろう。「性」に関しては、令和という時代になっても、外見を含む残酷なジャッジに晒されるのが現実だ。

麻衣さんや香織さんや私が、長年鉛のようなコンプレックスを抱えてきたように、外見への評価がその人の内面を知らず知らず深く傷つけることを、私たちはもっと自覚すべきだと思う。

ところで、私は先日、初めて女性用風俗を利用した。考えてみれば、取材者としてセラピストやユーザーから話を聞いてはいたが、自分自身が当事者となって利用する機会がないまま、ここまできていた。だから女風ユーザーの声を聴くウェブ媒体の連載の最終回は、私の「女風体験」で締めることにしたのだ。

そう決めたタイミングで、偶然私の体に、ある重大な変化が起こった。生理が来なくなったのだ。妊娠の可能性はない。うちは、閉経が人よりもかなり早い家系だと母から聞かされていた。だから、いつかそれが来るのはわかっていた、と思う。しかしいざ直面すると、いいようもない理不尽さと戸惑いに襲われた。それは女として、終わってしまったという感覚に近いのかもしれない。

心身ともにどん底状態に陥った私は、セックスのことを考えるだけで憂鬱になった。今の私はテクニシャンのセラピストの性感サービスでイキまくりたいわけでもないし、だからといってアイドルのようなイケメンには昔からあまり心を動かされない。

私がやりたいこととは、なんだろう。ふと思い浮かんだこと――、それは、高校生のようなデートがしたい、だった。

男性と池でボートに乗ったり、公園を歩いたり、無邪気にゲーセンで遊んだりしたい。青春を取り戻したい。だからこの冬、私は勇気を出して女風の「デート利用」をしてみることにした。待ち合わせ場所に現れたお相手のセラピストは、落ち着いた博愛的な優しさを持った人だった。

私は、彼の腕を摑んで歩いた。イチャイチャしたりといった恋人感はまるでなかったが、私にとってはそれが逆に良かった。彼は私を親子や妹のような愛おしむべき存在として、扱ってくれたからだ。私はふと、少女時代、いつもかっこいい男の子の後ろに隠れていた「女の子」が羨ましかったことを思い出した。

二人で公園を歩いていると、そのときの記憶を思い出し、「私なんて」という卑屈な思いが、ふと頭をもたげてくる。そうして、彼の腕からするすると離れてしまう。しかし、そんなときの彼の対応は素晴らしかった。

そうして私たちに距離ができると彼はそんな私を、「離れているよ」といわんばかりに、見えない暖かな輪の中に引き戻してくれたのだ。そんな彼と一緒にいると、コンプレックスが少しふわふわと空に飛び立っていくのがわかった。それはとても不思議で、穏やかな時間だった。私は彼にUFOキャッチャーでぬいぐるみを取ってもらったり、格闘ゲームで対戦したりした。

時間が経つにつれて、次第にこの人なら心を開いても大丈夫、という信頼へと変わっていく。私は彼の袖を摑んでいた。そうして気がつくと、いつしか童心に返ったかのように、気まぐれにクレープをねだったり、ガチャガチャショップに入ったりしていた。

取材で知り合ったあるユーザーさんは、女風の利用動機として、「子どもに返ることができる」ことを挙げていた。私も彼女と同じように、子どもに返りたかったのだ。そんな貴重な時間をくれたセラピストには、とても感謝している。

女風を利用してからの私は、少し心が身軽になった。優しくなれた。そして、確信した。恋愛とは何かが始まる予感や、ドキドキ感があるが、私にとっての女風は真逆なのだ、と。

それは大人になってずっと置き去りにしていた少女の私に折り合いをつけ、自由にしてあげる感覚に近い。

私が女風に沼ることはなさそうだが、またいつか、彼に会ってみたい気がする。あのときの抑圧していた「少女」と再会し、彼女を解放してあげるために。

それにしても、自分が実際に女風を体験してわかったのは、性は人間の実存と切りはなせないということだ。麻衣さんや、香織さん、そして私が辿った道は、それぞれに違う。しかしコンプレックスを抱えた自分が、何らかのアクションを起こし、ある境地に達したという意味では共通している。きっと人生に正解なんてない。

だからこそ、私は生きづらさを抱えた人たちが、自らの性とどう対峙したか、耳を澄ませてきたのだと思う。それを追体験することで、生き方の道しるべを教えてもらえる気がするからだ。そして、個々人の物語にこそ一縷の光、希望を見るのだ。煌びやかなシャンデリアのような眩しさではなく、ゆっくりと点いては消える蛍のような小さな明かり——。

それが私たちの人生なのだとしたら、そちらを映し出すことにこそ救いがある気がする。小さな明かりは、「私はここにいるよ」と道しるべとなって暗い道を照らしてくれる。その光、その人の生き方に触れることで、勇気をもらえる。

「大丈夫。あの子も生きているから、私は今日も生きていける」と。どこか自分自身をも肯定された気がする。いつも輝いているあの子にはなれなくても、スポットライトを一身に浴びる主役にはなれなくても、私たちにはまぎれもない一人一人の物語がある。その中で死ぬまで七転八倒、四苦八苦する。そこには喜びもあり、悲しみもある。そこに光を当てたい。そして、それを見知らぬ誰かに伝えることが、私の書き手としてのモチベーションになっている。

私のバイブルに、山田詠美さんの『ぼくは勉強ができない』という青春小説がある。

世間が押し付ける常識に疑問を抱いている高校生が、様々な人との出会いを通じて、自分なりの正しさや生き方を見つけていくという話だ。この中で主人公の高校生の時田秀美くんは、こういっている。

【すべてに、丸をつけよ。とりあえずは、そこから始めるのだ。そこからやがて生まれて行く沢山のばつを、ぼくは、ゆっくりと選び取って行くのだ。】

私が大好きな言葉だ。これは高校生のときに読んだ小説だが、私はその言葉を反芻し、噛み締めている。私も秀美くんのように、全てに丸をつけるところから、始めたい。そしてその人生の一端から何かを感じ、それに触れた誰かが少しでも生きやすくなってほしいと願ってやまない。

婚活戦線で傷つく女性たち

「久美ちゃん、私、婚活しようと思うんだ」

年上の友人、看護師の涼子（仮名・50代）に唐突にそう告げられたとき、私は戸惑いを隠せなかった。ＺＯＯＭの画面の向こうにいる彼女は、いつもより頬がこけていて、やつれているように見えた。

彼女は私にとって眩しい存在だった。トレードマークであるふわふわしたブロンドヘアーを靡（なび）かせ、タイトなスカートを身にまとい、常にヒールを履いていた。現在、バツイチの独身である。

「夫との結婚生活は、二人でいても孤独で寂しかった。地獄だった。だから私は一人の方が全然気楽だし、平気。女性が一人で立つって、大事なことだよ。久美ちゃん、女は自立しなきゃ何にもできないよ」

それが彼女の口癖だった。そんな言葉の裏には、彼女の壮絶な半生があった。裕福な男性と結婚し、専業主婦として家庭に入ったものの、まもなく夫が浮気、暴力を振るうようになる。

子どもたちが成人するまでなんとか耐え、夫に離婚を切り出した。その後は、フルタイムで看護師職に復職した。今は賃貸アパートに一人暮らしで、第二の人生を謳歌している。

男はもうこりごりなのではと思いきや、彼女には異性関係の浮いた話が繰り返し持ち上がり、その度に「コイバナ」を聞かされる。

一人で立つことの大切さを知り、しかし年を重ねても決して「女」であることを手放さない――。


私はそんな彼女に魅力を感じ、仕事や性の悩みをぶつけるのだった。弱気でモジモジしている私に対して、彼女はいつだって真っすぐ向き合い、鋭く批評し、それでいて優しく本音を突きつけて、導いてくれた。

いつか年を重ねたら彼女のような女性になりたい――、私は心の奥底で密かにそう思っていた。姉がいない私にとって、彼女は心置きなく相談できる頼もしい東京のお姉さんであった。

涼子に大きな変化が起きたのはコロナ禍に突入してしばらく経った夏のことだ。

医療従事者の彼女とも対面で会えなくなって日が経つため、ZOOMで話すことになったのだ。開口一番彼女の口から飛び出したのは、「婚活」という言葉だった。

画面の向こうからは、いつもの彼女らしからぬ焦りを感じる。私はその様子に軽く眩暈を覚え、心がざわついた。彼女のいい分はこうだ。

「コロナ禍でこの先、一人で年金も少ないのにどうやって生活していかなきゃいけないんだろうってふと我に返ったの。先が見えない不安感に襲われたんだ。体の衰えも関係あるよ。これが30代だったら、何にも怖いものなしじゃん。でも55歳過ぎて、私あと4日で56になるけど、これから何年働けるんだろうって思ったら愕然としたの」

女性の自立を力説していた彼女の足元がグラグラと揺らいでいる――、私はそれを瞬時に感じ取った。コロナ禍で副業の収入が激減したこともあり、ふと気が付くと貯金は目減りしていた。体の衰えと共に、生活の不安を感じるようになった。これからは、経済的に寄りかかれる相手が必要だ、婚活しようという結論になったと語る。彼女からは、いいようのない焦燥感が画面越しにひしひしと伝わってくる。

50代半ばの、ラストチャンス。

結婚に向けて動いているはずなのに、どの男たちにも縛られない俊敏さをもって生きていた涼子は、まるで自らを籠の中へと追い込んでいるようだった。

私は彼女の選択に少し動揺を感じながら、ただ黙って話を聞いていた。

昨今、マッチングアプリが花盛りだ。スマホを通じて、男女が気軽に出会えるようになった。婚活もアプリで完結できる。

「婚活なんて不動産の物件探しと同じ」と婚活事業者の友人に聞いたことがある。「物件」には相場がある。年齢、容姿、年収、それらが天秤にかけられ釣り合った者同士がめでたく成婚となる。男性が年収や身長というスペックで測られるのだとすれば、女性は、若さや美貌だ。

そのため40代以降の男性は必然的に一回り若い女性を求める傾向にあるらしい。

これは単に若い女性が良いという男性のニーズだけでなく、子どもを持つことを念頭に置いたときに、女性が出産できる年齢かどうかという点も関係しているだろう。

涼子もマッチングアプリという属性至上主義の大海に漕ぎ出していった。彼女のルックスがいくら美人に類するとはいえ、50代後半の女性が婚活市場で勝ち抜くのは、無謀な戦いのように思えた。


彼女が婚活を始めて数か月後、私たちはホテルのラウンジで落ち合った。相変わらずハッとするほど美しく、だけど少し痩せて見えた。

テーブルには、サーブされた紅茶とオレンジケーキが並んでいる。私は、ケーキをつつきながら、彼女の婚活の報告に耳を澄ませることになった。

真剣交際の候補に絞った男性は、二人だったという。一人は、地方に住む50代の公務員の男性だ。公務員なら生涯食いっぱぐれることはないという理由で彼女のお眼鏡にかなった。

その男性は、母親と同居しているという。母親のことが大好きでマザコン気味なのが、ＬＩＮＥのやり取りからも伝わってくる。将来もし結婚できたとしても、看護師である彼女がゆくゆく母親の介護要員にさせられることは、自明のことのように思えた。

もう一人は、大手企業に勤めるバツイチの管理職の男性だった。

「彼からＬＩＮＥは、毎日くるの。でもつまんないの。自分のことばっかりだから、やなの。

質問がないの。今日何してたの？　とか、全く一回もないの」

　彼女は困り顔でその男とのLINEを私に見せてくれた。

「こんなことあったんでちゅよー」と、自分の行動を逐一ママに報告するかのような一方的なLINEの内容には既視感があった。このタイプの男にはよく出くわす。女をモノ化して、人格のある人間だと思っていない。女は飾り物や、もしくは母親の代わりだと思っている。

　この男は、デート中に結婚の「け」の字も出さないが、セックスの最中はいつも、彼女の体をビデオで撮り続けるのだという。他にも変態的なセックスに耐えているという話を聞かされて、思わず吐き気がした。結婚をダシにされて、体のいいセフレ要員にされているのではないかという嫌な予感しかしなかった。それでも、いつか結婚できるかもしれない、というささやかな希望を彼女は捨てていないようだった。

　涼子はマッチングアプリを通じて、場当たり的に市会議員や東大の教授、外科医の肩書きを名乗る怪しい男とも会った。もはやその肩書きが本当か嘘かもわからない。ある男とは夜中の二時に会う約束をしていたが、向かう途中で急に怖くなり、深夜にタクシーで引き返した。何やってるんだろう――そう思った。

　それは全て相手の「肩書き」や「属性」に振り回されて起きたことだった。

「私ね。以前、結婚しているとき、ずっと自分のこと売春婦だって思ってたの。愛のないセックスをする日々に、囚われの身。当時はすごい豪邸に住んでたけど、やってることは報酬のない売春婦と何ら変わりないじゃんって思ってたんだ。

今の私がまた同じ道を歩もうとしてるのもわかってる。きっと私を経済的に支えてくれるのは、心の通わない相手。こんな人たちと結婚したら、前の夫みたいに浮気されるかもって思ったりもする。だけどやっぱり不安だから、誰かと繫がっていたい」

彼女は生気を失ったような目をしてどこか遠くを見つめた。私は彼女の根底に巣くう、「不安」の正体に耳を澄まそうと思った。

男女雇用機会均等法ができて、女性活躍が叫ばれるご時世になっても、まだまだ実社会では男性が権力を握っている。彼女を属性主義の強迫的な婚活に駆り立てている「不安」の中には、そんな不条理に満ちた社会情勢も動かしがたい形で横たわっている。夫と暮らしてきた豪邸を身一つで飛び出してきた彼女は、ほぼ無一文の状態から一人で立ち、何とか社会をサバイブしてきた。だけど、経済的な不安は年を重ねるほどに重くのしかかってくる。

八方ふさがりの不安感の解消法として彼女が選んだのは、なかば自傷的な婚活だ。ジャッジされ続ける婚活の泥沼に自ら身を置けば、心はすり減るのも当然だ。私は、これまで彼女の華やかな表層だけ見てきて、内面を知ろうとしなかったのかもしれない——。

暗澹たる気分になりながら、ふと何気なく私は視線を後ろの席にやった。

そこには大学生と思われるスレンダーな黒髪ストレートの女の子と、髪の薄い50代くらいの男性がゴージャスなスイーツタワーを囲んでいた。二人は初対面のようでどう見ても、父と娘には見えなかった。きっと今流行りのパパ活だろう。これからあの女の子は、男とこのホテルの一室でセックスをするのだろうか。ぼんやりとそんなことが脳裏をかすめる。パパ活に慣れていないのか、女の子はどこかぎこちなく、幼さが残る横顔が引きつっている。

涼子は、結婚しているときの自分を「売春婦のようだった」と振り返り、「結婚生活で、心が死んでいった」と表現した。そして、またそうなろうとしている。あのパパ活女子と目の前にいる涼子は、どこか似ているような気がした。

心を殺して生きること、彼女はそれを覚悟の上で「心の通わない誰か」に、なるべく高く自分を身売りしようとしている。そんな婚活の話はどこか空しく、心の奥にひりつく痛みを感じてしまう。自分で自分をグサグサと突き刺すような刹那的な婚活の行きつく末は一体どこなんだろうか——。私も彼女と共に、傷を負ってしまったようだった。

「ねぇ、久美ちゃん！　私ついに良い人見つけたんだ！」

そんなＬＩＮＥが飛び込んできたのは、涼子とホテルで会った日から数か月後のことだ。平日の昼下がり、彼女の夜勤明けに、私たちはＺＯＯＭの画面越しに向かい合った。婚活を始める前のように、目にキラキラとした輝きが宿り、生き生きした表情に変貌している。

彼女に何があったのだろう。私は身を乗り出した。

早速婚活の話になる。運命のお相手はというと、マッチングアプリで出会った50代後半の職人の男性だという。しかも驚くべきことに、彼はこれまで彼女が要求してきた「属性」からは零れ落ちるタイプだった。立派な肩書きもお金も無い、真逆の男性。私は彼女の驚愕の「最終報告」に、椅子からずっこけそうになった。

涼子は、そんな私の心中を気にしない様子で、嬉しそうに私にのろける。

「ねえ、聞いて聞いて。彼はすごくピュアな人なの。会った瞬間から優しくて絶対にこの人は私を裏切らない、大切にしてくれるってすぐにわかった。そこにたまらなく惚れたんだ。彼とならこれからの人生、ずっと笑ってられると思ったの。だから私は二人で生きていきたい」

そういって微笑する彼女は、とてつもなく幸せそうなオーラに包まれていて、眩いばかりである。

「私の婚活を振り返ってみるとね、お金があれば不安を解消できると思って、相手の年収や職種で選ぼうとしていた。でもそうやって自分を誤魔化しても、やっぱり心が幸せじゃないんだよね。きっと、私ってこれまで本当の幸せを知らなかったんだと思う。

自分と向き合って本当に欲しかったものを手に入れたときに、あ、私はもう不安じゃないってようやく気づいたの。それは愛だったんだと思う。形のないもののほうが、よっぽど価値があるんだって、わかったの。私今お金が無くても満たされていて幸せなんだもん」

彼と一緒にいると、経験したことのない温かな優しさに包まれ、心が満たされるのがわかったという。

涼子が本当に求めていたのは、彼女を心の底から抱きしめてくれる男性だった。だから彼と出会ってから、結婚の候補者だった「肩書き」のある男性たちとはおさらばした。涼子は清々しく何か憑き物が落ちたような顔をしている。

この年になると人生の終わりが見えてくる。だからこそ、偽りのない人生を一日一日歩みたい。彼と出会ってからそんな自分の軸にようやく立ち戻ったのだという。

「私、彼とずっと楽しく毎日バカをやって、笑いあっていたい。私たち、もう残り時間が見えてきてるじゃない。60歳に向かっていくと大事なものって、今日一日一日が楽しいってことなんだよね。私にとって大切なのは、最終的にはお金じゃなくて愛だった。婚活を通じて、私はそこにやっと気づいたんだ」

そんな「気づき」には職場での出来事の後押しもあった。

涼子の勤める介護施設で、90歳のおばあさんがつぶやいているのが耳に入った。

「今度生まれてくるときは絶対良い男と出会うんだ」

「ねぇ、○○さんにとって良い男って、どんな男？　金がある人？」

涼子はおばあさんにそう尋ねた。おばあさんは車椅子に座ったまま、首を横に振った。

「いいや。金はなくてもいいんだ。二人で一緒に頑張れる人が良い男なんだ。学んで成長できる人が良い男なんだよ」

その言葉がズシリと響いた。おばあさんは夫と離婚後、二人の娘を女手一つで育て上げたらしい。人生の辛酸を舐めた大先輩である女性の行きついた真理――。そこにはとてつもない重みがあった。

「そのおばあさんの言葉を聞いたときにね、私の選択はきっと間違いじゃないって思えた。私は彼と二人で残りの人生を歩いていこうと決意したんだ」

彼女の話に耳を傾けていると、唐突に画面の右に謎のかわいい生き物が現れた。

「じゃーん！　久美ちゃん、ほら、これ見て！」

「なに、それ。かわいい！」

私は突然現れた愛らしい生き物にくぎづけになる。それは、手の平ほどの白くて小さなうさぎだった。よく見ると、うさぎの形をしたルームライトで、丸くて、クリクリとした愛らしい目をしている。真ん中には電球が埋め込まれていて、スイッチを入れるとオレンジ色の暖色で温かく周囲を照らしている。彼女はうさぎを撫でながら言葉を続けた。

「私ね。実は夜一人になって部屋が真っ暗になると、怖くて寝られないんだ。ねぇ、子どもみたいでしょ。だから、いつも電気つけてるの。それを知った彼が、『これと一緒に寝たらいいんじゃない』ってくれたの。よく探したよね、こんなかわいいの。１００万円もらうより、彼のこのプレゼントは最高だって思わない？」

「うん、最高だと思う！」

私はそう言葉を返し、画面の向こうに思わず手をかざす。白いうさぎに、そこはかとない温かさが宿っているかのように感じられたからだ。私はまだ相手の男性の顔も名前も知らないが、このプレゼントをくれる相手のぬくもりに嘘はないと思えた。

彼女は少女のように、嬉しそうで屈託のない笑顔に包まれている。私たちは、まるで女子高生に戻ったように、いつまでもキャッキャと笑いあった。そう、私はずっとずっと、こんな彼女の笑顔が見たかったのだ。待ち望んでいたのだ。

本当に大事なのは、何もいわずに安らぎを与えてくれる存在だ。それは沢山の選択肢の中から、自分を慈しむことを彼女自らが最終的に選んだから出会えた。私はそんな涼子自身の選択が心の底から嬉しかった。

「結局私が欲しかったのは、信頼できる相手だったの。お金は二人で頑張ればどうにかなる。だけど目に見えないものは絶対何とかならない。それは婚活をして、やっと気づいたこと。お金のある男性をターゲットにして婚活しているときは、自分をよく見せようとアップアップしていて、自分が幸せか幸せじゃないかは全く考えなかった。自分のことをないがしろにしていたんだと思う。だけど自分に嘘をついて誤魔化しても、きっと続かなかったよね。心に原石を秘めた人こそが、本当は私が一番大切にしなきゃいけない人だったのにね」

それを見つけた今、彼女に不安は、もうない。婚活で見えてきたのは自分にとって、本当は何が大切なのかという輪郭線だ。

私はときに七転八倒しながらも、自分の心と体と正面から向き合う、不器用でたくましい女性たちがたまらなく好きだ。

血みどろの婚活の末に一人の女性がたどり着いたアンサーに、私はまた一つ大きな学びを得た。

今日も白いうさぎは、スースー寝息を立てている彼女を、枕元で静かに見守っているのだろう。

弱さを見せられない男性

華やかな表舞台から去ることを余儀なくされた後、人はどう生きるのだろうか――。

2022年10月初旬の夕刻、私は明治神宮野球場にいた。横浜ベイスターズ対ヤクルトスワローズの今季最終戦。神宮球場に来たのは、先々週に続いて二回目だ。野球のルールすらあいまいな私だが、なぜだか吸い寄せられるように、立て続けに球場に足を運んでいた。

こぢんまりとした椅子が並び、他人同士が肩を寄せ合う神宮球場は昭和の残り香が感じられる場所だ。ソーシャルディスタンスが当たり前となったコロナ禍の殺伐さとは打って変わって、そのほのぼのとした雰囲気にはどこかホッとさせられるものがあった。巨大なナイター照明が緑色の人工芝を煌々と照らし、心地よい秋風がふわりと頬をかすめる。観客席の誰もが試合を前に、浮足立っていた。

球場には、熱々のフライドポテトに焼きそば、たこ焼き、山盛りのウインナーなど屋台のような〝球場メシ〟がずらりと並び、人々が長蛇の列を作っている。巨大な旗がはためき、応援の音頭が鳴り響く。どこまでも明るい都市の祝祭。夏祭りのような活気に満ちた球場は、人々でごった返していた。

前列に座った会社帰りと思しきサラリーマンの男性が、何かをバッグから取り出す。それは小さく折り畳まれた選手の名前入りのレプリカユニフォームだった。男性は、おもむろにワイシャツの上からそれを被ると、席に回ってきた売り子さんからビールを買った。そうしてほろ酔い加減で、真剣なまなざしをグラウンドに送っている。

そうか、と思う。ここで人は会社員という日常の顔を脱ぎ捨て、別人に生まれ変わるのだ。少しだけ、身軽な何かに。見回すとサラリーマンだけではなく、若いカップルやＯＬ、中学生ぐらいの子どもを連れた夫婦など様々な人たちが、チームのタオルを首に巻いたり、メガホンを叩いたりと、それぞれが思い思いに応援している。星空が輝く楕円形状の球場は、まるで空からやってきた大きな宇宙船のようにも思える。宇宙船は、きっとどこかに私たちを連れて行ってくれるのだ。人々は日常のしがらみから離れ、スポットライトを一身に浴びる選手たちに、一瞬の夢を見る――。

この試合の見どころは、何といってもヤクルトの4番、村上宗隆選手だ。村上選手は、9月13日の巨人戦で今シーズン55号のホームランを打っている。日本人選手としては王貞治（当時巨人）の55本に並ぶ、歴代最多ホームラン記録である。

そうして、7回裏、村上選手の打席。

「村神様、ホームランをお願いします！」「村神様、頼みますよ！」

村神様とは、「村上」と「神様」が合わさった村上選手の尊称らしい。前列に座った大学生と思しき男性二人組は、そう口にすると、奇跡の瞬間を動画でスマホに収めようと、画面を覗いている。ズームしたスマホの画面の向こうには、もちろん数万人の視線を一身に集める村上選手の姿があった。

男性たちはバッターボックスに立つ「村神様」に懸命に祈りを捧げていた。果たして、奇跡は起こるのか。

私は、確かにその「神」の降臨を目にした。投手の初球をとらえた村上選手は、バットを一振りした。球は夜空の星と並ぶほどの高さに跳ね上がり、大歓声に沸く球場の観客席へ見事な軌道を描きながら、吸い込まれていった。「おおおおおお！」客席がこれまでにないほどざわめく。それは奇跡の56号ホームランだった。「村神様」は確かに奇跡を起こしたのだ。誰もが興奮のあまり椅子から立ち上がり、見ず知らずの相手とハイタッチを交わしている。大画面に映し出される村上選手の姿――。そこには、眩しいほどに輝く、男の雄姿があった。

栄光を手にする選手もいれば、グラウンドを後にする選手もいる。この日の神宮球場では、村上選手の歴史的瞬間だけでなく、そんな「去りゆく選手」のドラマも目撃することとなった。今季限りで現役引退する選手三人の引退セレモニーが行われたのだ。会場が温かな拍手に包まれる中、選手たちには花束が贈られ、ファンや家族への感謝の言葉を口にして、長年親しんだグラウンドに、晴れやかな笑顔で別れを告げた。それは息を飲むほどに感動的な瞬間でもあった。

野球オンチの私が今この球場にいる理由――。それはまさに彼らのようにグラウンドを去った元プロ野球選手との出会いがきっかけだった。彼らの人生に触れたことで、私は野球というスポーツに興味を持ったのだ。

数年前のある日、私は、長年友人関係にある不動産会社の社長（男性・50代）と、昼食を共にしていた。彼は、かねてからプロ野球の大ファンだった。社長との会話で度々話題に上っていたのが、プロ野球選手の「その後の人生」である。

「プロ野球選手ってさ、プロ引退後、うまく社会を生きられない奴がけっこういるんだよ。だから野球をやめても、ちゃんと社会で頑張ってる奴もいるんだってこと、ほんとは知って欲しいんだよね」

それが社長の口癖だった。社長によると、プロ引退後、一般の社会人となり幸せな人生を送る選手もいる一方で、社会に馴染めず行方知れずになった選手、薬物に走った選手など、知られざる「その後の人生」があるらしい。その中にはセカンドキャリアとして、不動産の営業を選んだ選手もいる。人情味溢れる社長は、そんな彼らの仕事を手助けし、プロ引退後のセカンドキャリアをバックアップしていた。野球を愛する社長だからこそ、彼らの様々な苦労には思うところがあり、支援しているのだという。

社長の話を何度も聞いているうちに、私も彼らの「その後の人生」に興味を持つようになった。確かにメディアがこぞって伝えるのは、華々しい活躍で大衆を熱狂させる選手だ。イチローの活躍、大谷選手の快挙、しかし、その裏では毎年グラウンドから去る無数の選手たちがいるのだ。彼らはプロ野球という舞台から降り、私たちと同じく普通の会社員や事業者の一人として生きている。彼らの「その後の人生」はどんなものなのだろう。元プロ野球選手に会ってみたいという好奇心に駆られた。それを社長に伝えると、とんとん拍子でセッティングが進んでいった。その一人が、元東京ヤクルトスワローズ捕手の高橋敏郎さんである。

高橋さんは27歳のとき、球団から戦力外通告を突きつけられた。その後は、不動産業界に転職し、めきめきと頭角を現し、２０２１年に独立したばかりだという。実は、私が元プロ野球選手という人種に会うのは、これまでの人生で初めてである。社長の紹介の下、私の目の前に現れた高橋さんは、スーツに身を包んでいて、一見やり手の営業マン風だ。しかしよく目をやると、ガッチリとした肩は、捕手としての名残を感じさせる。

私は、内心緊張していた。プロ時代の高橋さんについて下調べはしていたが、私の本業はスポーツライターではない。恥ずかしながら、高橋さんの現役時代も知らない。野球のテレビ中継も見ないし、知識も乏しい。野球といって思い出すのは、遠い記憶の彼方、来る日も来る日も練習に勤しんでいた野球部のクラスメイトたちだ。とはいえ私の高校は無名校だったし、彼らが甲子園の土を踏むことは無かったのだけれど。それも20年以上昔のことだ。しかし、その心配はすぐに吹き飛ばされた。

「私、実は野球のルールもうろ覚えで、ちょっと怪しいくらいなんですよ。野球についてわからないことがあるかもしれませんが、そのときは教えてくださいね」

「もちろん、大丈夫ですよ。全然気にしないで」

高橋さんは、そういうとフランクに笑いかけてくれたのだ。それはすごく優しい笑顔だった。何かと世知辛い世の中、私は久しぶりにこんな笑顔を見た。ネット上で見たファンの情報によると、高橋さんは子どもや女性へのファンサービスも積極的だったらしい。この笑顔が、昔も人々の心を虜にしたのだろうか。ふと、そんなことを思った。高橋さんは、きっとピュアでとても優しい人だ。きっと色々な過去を乗り越えて、ここにいるのではないか。

そう直感した私は、もっともっと彼のことが知りたくなった。スポットライトを浴びていたプロ時代だけでなく、「その後の人生」を――。

高橋さんは、山形県生まれ。文字通り、野球に人生の全てを賭けてきた。

「小中高大と、野球で上がってきました。勉強もせずに野球さえできていれば、進学できた。だから、初めて他人に野球をやめなさいといわれて、頭が真っ白になった。自分から野球を奪われたら何も残らないと絶望したんです」

高橋さんの赤裸々な告白は続く。プロ引退後に襲われた、とてつもない無力感。自分の才能の無さを呪い、自分自身を呪う日々、行き場のない自己嫌悪。それは高橋さんをとことんまで追い詰め、どん底まで苦しめた。もう二度と野球なんかやらない、床に突っ伏して泣きじゃくり、自分を呪ったという。

　プロ野球選手というと、一攫千金、大金を稼ぎ出すというイメージを抱いていたが、実際はそうではないらしい。高橋さんによると、契約金は母校への寄付と税金などに消え、貯金はほとんど残らなかった。プロ引退後、すっからかんとなった高橋さんは、当時付き合っていた彼女の家に転がり込んだ。賃貸住宅を借りるお金にも困るほどだったからだ。だからといって、地元に帰るという選択肢は無かった。

「山形だとプロ野球選手になっただけで、周囲から凄く期待されるんですよ。球団をクビになったときに、そんな地元の期待も全部裏切ってしまったと感じたんです。だから当時は実家にも帰りたくなかった。あ、こいつ球団をクビになった情けない奴だ、よく帰ってこれたな、とみんなに見られる気がした。被害妄想なんですけど」

　あぁ、わかる、と思う。私も高橋さんと同じく、地方出身者だ。だから地元の重圧は、少しだけ理解できるつもりだ。私の住んでいた宮崎は、恐ろしいほどに娯楽が無い。そんな中で、唯一の娯楽はテレビである。テレビの常連はいつだって野球中継なのだ。だからこそ地元の野球にかける思いは並々ならぬものがあった。

　私の高校は無名校だったが、なぜか一個上の学年にドラフト入りが囁かれる野球部の男子がいた。そのため私たちは、授業そっちのけで甲子園の地区予選の応援に駆り出された。高校卒業後にプロ入りした先輩は、地元の英雄のように祭り上げられたっけ。校舎の壁面に、彼の名前入りの垂れ幕がデカデカと掛かっていたのを鮮明に覚えている。

高橋さんもきっと同じだったのではないだろうか。まさに故郷に錦、わが町からプロ野球選手、だ。だから戦力外通告されて、地元に帰ることがいかに周囲を落胆させるか、その苦悩は想像するに余りあるものがある。

地元に帰る選択肢を閉ざされた高橋さんは、とにかく働こうと自分を奮い立たせ、都内の不動産会社の営業職を見つけた。サラリーマンになって初めての洗礼は、早朝の満員電車だ。電車のドアの窓ガラスに貼りついて動けないサラリーマンたち――。彼らを見ていると、「自分も同じか、落ちぶれたな」と思った。押し合いへし合いの電車の中で、小さく身を縮めた。

高橋さんはプロ時代、コーチから「肩が強い」といつも褒められていた。しかしギュウギュウの満員電車の中では、そんな自慢の肩も、ただ大きくて邪魔なだけだと気づいた。満員電車でヘトヘトになりながら、いざ会社に出社してみると、次は己のプライドとの戦いだった。

「初めて出社した日、自分のデスクが用意されていたんですが、パソコンの電源のつけ方がわからなかったんです。どこのボタンを押したらいいか。でも、周りはあいつ元プロ野球選手だという目で見ている。だからこっちも変なプライドが出てきて、パソコンすら使えないということを知られたくない。キョロキョロするとカッコ悪いから、ずっと偉そうにパソコンをにらんで、腕を組んでたんですよ。そしたら、周りが気づいて電源を押してくれたんです」

高橋さんの奮闘は続いた。電話の取り方や、名刺交換の仕方もわからない。しかし、次第にこれではマズいと感じて、年下の同僚や事務職の人に尋ねるようになった。懸命に、社会人として基本のマナーを身につける日々――。自宅に帰ると、電話対応の仕方を何度も繰り返して、練習する。社会人としてのマナーをビッシリと書いたノートを何度も見返し、頭に叩き込んだ。

無数の失敗を繰り返しながらも、高橋さんはめげなかった。努力を重ねながら、営業成績を上げ、不動産会社を三年ごとに転職。住宅の売買賃貸仲介、投資家向けの収益物件の売買、オフィスの移転業務などに携わり、業界を一回りして、キャリアを積んでいった。仕事はそれなりに順調だったが、「野球」で負った心の傷は、くすぶり続けたままだった。体格の良さから顧客に「何かスポーツやってたんですか?」と聞かれることもあった。しかしその度に、「何もやってません」とかぶりを振った。消しゴムがあれば消し去りたい過去、それが当時の高橋さんにとっての野球だったからだ。

それを考えると、「ただ働くこと」は高橋さんの中で、いわば野球からの「逃避行」であったのかもしれない。がむしゃらに働くことで、かつて野球選手だった過去から逃れようともがいていたのだ。しかし、ふとした瞬間、思い出したくない「野球」に触れることもあった。不動産の営業マンには、査定のため顧客の家に入る機会が頻繁にある。すると、部屋の中に何気なく置かれていたバットや、プロ野球の応援グッズが思わず目に入ってしまう。高橋さんは、野球に関するモノを見るだけで、胸が苦しくてたまらなくなった。

そんな高橋さんだが、大きな転機となった出来事があった。それは、プロ引退後10年が経った頃だ。プロ野球選手時代の話を渋る高橋さんに、前述の不動産会社社長はこういったのだ。

「お前、野球をやめてから、ずっと野球が嫌いなままなんだろ」

ギクリとした。その言葉があまりにも図星だったからだ。社長は言葉を続けた。

「誰でも終わりがいつかはくるんだよ。だけどお前のこれからの人生はプロ時代に比べて長い。ずっと続くんだ。逆にそれを売りにしたらみんな胸襟開いてくれるよ。物事の考え方を変えた方がいい」

そうか、と思った。社長の言葉はどこまでも温かく、高橋さんに響いた。

「社長の言葉で、そうか、もう過去の自分を赦してもいいんだって思えた。その頃からプロ野球選手だった自分は凄かったのかもしれないと思うようになりました。プロ野球に行くのは相当難しくて、3年続けるのも大変なんですよ。それを4年やった自分は頑張ったなと初めて思えるようになったんです」

自分を赦すとは、「あのとき打てなかった自分」、「取れなかった自分」を認め、そのまま受け止めることでもある。言葉でいうのは簡単だが、それはとてつもなく大変なことだったのではないか。そう感じた。

高橋さんの話で印象的だったのは、「なぜ、あのとき打てなかったのか」という後悔の言葉だ。野球という競技は、選手個人個人への責任が重大なスポーツだとつくづく感じる。ほんの一瞬の判断、反射神経がチームの明暗を分ける。正確にいうと野球に限らず全てのスポーツ、いや、人の人生そのものが、重大な分岐点の積み重ねであるとすれば、なおさらそうなのかもしれない。人生でなぜ、あの選択をしなかったのか、ああすれば良かったという後悔は、誰もが一度は経験しているはずだ。

多くの人にとって人生は判断を間違えたり、負けたりすることの連続だろう。私は仕事柄「孤独死の現場」という極北から社会を見つめてきたが、取材の過程で自分自身を「赦せず」苦しんできた人と遭遇することが多かった。なぜあのとき、頑張れなかったのか、なぜあのとき、もっと踏ん張れなかったのか、なぜ、なぜ――。そんな後悔は、人をがんじがらめにして放さない。それは、ときとして、立ち上がれないほどのボディブローとなって人を打ちのめす。

しかし、だからこそ、誰もが勝ち続ける人生を送れるわけではない、といいたい。そんな思いに支配されたときに、どう自分と向き合うかの方が、重要なのだと思う。私は高橋さんの「その後の人生」から、自分を「赦す」ことの大切さを教えてもらった気がするのだ。

それから、高橋さんはガラリと変わった。社長のアドバイスを受けて、名刺に「元プロ野球選手」と入れることにした。変化はすぐに起きたという。初対面の顧客と野球話で盛り上がることがぐっと増え、仕事の契約も増えていった。振り返らないと決めて封印した、プロとしての過去。野球に対する割り切れなさ、激しい愛憎。大好きだったのに、いつしか大嫌いになっていた野球――。しかし、過去の自分を「赦す」ことによって、そんな野球への思いが、氷解していったのだ。

高橋さんは今の仕事に、プロ野球時代と共通点を感じるようになったという。

――最近、草野球を始めたんです。

そういいながらにっこりと笑ってくれた。それは、最初に会ったときに見せたあの笑顔だ。

「お客さんから頼まれて野球を教えたり、少年野球を教えに行ったりしてるんですよ。週末になると毎週、草野球をやってますね。初めて勝負じゃない野球を始めてみることにしたんです。昔は打てなかったり、勝てないときは悔しさがあったけど、今は試合で失敗しても飲みに行ってみんなと笑いあえる。全く野球をやったことない人もちょっと教えると、みるみる間に上達するのも見ていて嬉しい。勝ち負けじゃない野球、それが今は、楽しいんです」

もちろん僕も昔みたいには、打てないんですけどね――。

今グラウンドに立つと、その視線の先にあるのは、野球が好きだという純粋な気持ちだ。そこに宿るのは、野球への愛である。その思いにプロもアマも関係ない。高橋さんは「その後の人生」を生きていくうちに、そんな境地にたどり着いたのだと思う。私は、かつての自分を赦し再び野球と向き合っている高橋さんに、「本物の強さ」を垣間見た気がした。

高橋さんと別れた帰り道、私の脳裏をよぎったのは、同級生の高校球児たちだった。遠い記憶の彼方――。甲子園を目指して彼らは来る日も来る日も、バットを握り続けていた。剛速球の先輩のいるチームは心強く、私たちは甲子園も夢じゃないと思っていた。もし甲子園に進んだら、学校一丸となってバスを出して応援する、顧問の教師からはそんなプランまで飛び出してたっけ。誰もが奇跡が起こるかも、起こって欲しいと願っていたと思う。しかし奇跡は起こらなかった。結局、先輩はその日投球が悪く、地区予選であえなく敗退した。翌年も、予選で敗退。負けが決まったその日、教室で目を真っ赤に充血させた球児たちを、私たちは出迎えた。彼らは泣いていた。生徒も先生も、みんな、みんな、泣いていた。

彼らも夏の甲子園が終わると、就活や進学の準備、はたまた女子との恋愛やらで多忙となり、グラウンドに立つことはめっきり少なくなった。その後、私と野球部のクラスメイトとは、散り散りになった。進学した同級生は少なく、地元の電気屋を継いだ者、郵便局に就職した者、自衛隊に入隊した者等々、それぞれ社会人としての道を歩み始めたのだ。

高校を卒業してしばらく経った日のことだ。私は友達の家に泊まり、朝方駅に向かっていた。すると、見覚えのある人物と出会った。それは野球部にいた元同級生だった。彼と会うのは、卒業式以来である。

「あっ、〇〇くん！」

振り返りざま、朝帰りのけだるい表情の彼を見て、私は驚いた記憶がある。そこにかつての彼の姿は、微塵もなかった。いつも丸坊主だった野球少年は、髪をうっすら茶色に染めていた。夜通し遊んでいたのか何をしていたかはわからない。ただ私は彼を見ながら、少し寂しい気持ちになった気がする。

あぁ青春が終わったのだ、と。私たちは夢を見たのだと思う。甲子園という夢を。その先にある、プロ野球という夢を。

あれから、20年以上が経った。時が経つのは恐ろしいほどに早い。高校卒業後に地元を離れた私は、淡い青春を振り返る暇すらないほど、日常のあれこれに忙殺されていた。

そういえば、あのプロ入りした同郷の先輩は今、何をしているのだろう。高橋さんと会った後、好奇心に駆られた私は、スマホに苗字と当時入団した球団名を打ち込んでみた。するとすぐに彼のウィキペディアページがヒットした。情報によると先輩もその後、紆余曲折あったようである。プロとして活躍後、最後は高橋さんと同じく、ある球団から戦力外通告を受けていた。そして、今は打者の打撃練習のための球を投げる「打撃投手」として、別の球団に残留していているとわかった。形は違えど、先輩は芝生の上に今も立ち続けていたのだ。先輩の「その後」に、少し胸が熱くなった。

私は、無性に球場に行きたくなった。球場を見てみたい。いつかの高橋さんが立っていたヤクルトの本拠地、そして高校球児たちが死ぬほど憧れたプロの舞台に。

そうして、私は今、神宮球場にいる。

ナイター照明で別世界のように輝く神宮球場――村上選手が放った56号ホームランを、私はこの目で見た。それは、ゾッとするほど美しい奇跡の一本だった。観客席を埋め尽くす数万の群衆は、村上選手の快挙に興奮のあまり席を立ち、座る気配はない。神宮球場のボルテージは最高潮まで高まっている。超満員の観客の熱気に包まれながら、私の頭に浮かぶのは、人生で出会った野球に魅せられた人々の姿だった。

甲子園を前に涙を飲み、社会人となった高校球児たち。プロ引退後、苦しみの末、かつての自分を赦し、草野球を心の底から楽しんでいる高橋さん。球団に残って今もグラウンドに立ち続けている高校の先輩。

スタジアムの喧騒の中、私の中をそれぞれの人生が走馬灯のように駆け巡っていく。舞台に立てなかった者、舞台に立った者、そこから去った者。野球に人生の一瞬を捧げ、ときには野球に絶望し、野球に夢を見た選手たち。当たり前だが、「勝っても」「負けても」、人生は続いていく。このグラウンドに賭けた選手たちの先には、尊いほどの一人一人の営みがある。彼らの人生が、野球という「点」で交錯する。私もこの数万人の観客のうちの小さな「点」として今、確かにこの渦の中にいる。

球場からの帰り道、スマホのニュースに目をやると、村上選手の56号ホームランでトピックスはもちきりだった。日本人最多、三冠王、そして王貞治氏のコメントが、華々しく報じられている。

私は、また野球場に行くだろう。様々な夢と希望、ときには絶望、そして再生がある球場という舞台に——。私はいつしか野球というスポーツの虜になっていた。

ロスジェネとその傷

ロストジェネレーション、略してロスジェネ。またの名を就職氷河期世代。バブル崩壊後、雇用の調整弁とされ、長らく辛酸を舐めてきた世代だ。82年生まれの私は、このロスジェネ末期の部類に入る。思えば大学時代から、ざわざわとする兆しはあった。浮ついた学生時代に押し寄せる、不穏なさざ波。バイトや学業に追われていたのもつかの間、それは大波となって、私たちを容赦なく飲み込んでいった。

周りを見れば、黒いヒール靴を履き紺色のリクルートスーツに身を包んだ大学の先輩は、何百社と企業に応募しては玉砕して疲弊しきっていたし、運良く正社員という椅子を勝ち取っても、ブラック企業が大きく口を開けている。

ある日、IT関連企業に就職した先輩を久々に訪ねると、つんとした臭いが鼻をつくのがわかった。聞くと先輩は仕事に追われ、会社に寝泊まりし何日も風呂に入っていなかった。死んだ目をしていたあの先輩の姿は、未だに忘れられない。長時間労働や低賃金、横行するパワハラ——。私たちも、あの道を辿るのだろうか。先輩の疲れ切った背中に戦々恐々としたのを昨

郵便はがき

料金受取人払郵便

牛込局承認

5517

差出有効期間
2025年6月
2日まで

162-8790

新宿区東五軒町3-28

㈱双葉社

文芸出版部 行

ご住所	〒		
お名前	(フリガナ)	☎	
		男・女・無回答	歳
メールアドレス			

ご購読ありがとうございます。下記の項目についてお答えください。
ご記入いただきましたアンケートの内容は、よりよい本づくりの参考と
させていただきます。その他の目的では使用いたしません。また第三者
には開示いたしませんので、ご協力をお願いいたします。

書名（　　　　　　　　　　　　　　　　　　　　　　　　　　　　　）

●本書をお読みになってのご意見・ご感想をお書き下さい。

※お書き頂いたご意見・ご感想を本書の帯、広告等（文庫化の時を含む）に掲載してもよろしいですか？
1. はい　2. いいえ　3. 事前に連絡してほしい　4. 名前を掲載しなければよい

●ご購入の動機は？
1. 著者の作品が好きなので　2. タイトルにひかれて　3. 装丁にひかれて
4. 帯にひかれて　5. 書評・紹介記事を読んで　6. 作品のテーマに興味があったので
7.「小説推理」の連載を読んでいたので　8. 新聞・雑誌広告（　　　　　　　　　）

●本書の定価についてどう思いますか？
1. 高い　2. 安い　3. 妥当

●好きな作家を挙げてください。
（　　　　　　　　　　　　　　　　　　　　　　　　　　　　　）

●最近読んで特に面白かった本のタイトルをお書き下さい。
（　　　　　　　　　　　　　　　　　　　　　　　　　　　　　）

●定期購読新聞および定期購読雑誌をお教えください。
（　　　　　　　　　　　　　　　　　　　　　　　　　　　　　）

日のように思い出す。

大学4年になると、私も否応なしにそんな就活戦線に挑まなければならなかった。メディア関係の職種を志していた私は、就職先を東京に絞った。大学は大阪にあったため、夜行バスに揺られ、くたくたになりながら、東京と大阪を往復した。しかしそこは食うか食われるかの戦場だった。エントリーシートを何百社に送ったのにもかかわらず、落ちて落ちて、落ちまくる。そんな中、周囲でにわかに聞こえ始めたのが、「就職鬱」という言葉だ。圧倒的な買い手市場のため心身を病み、戦線から離脱する者が続出したのだ。そんな屍を横目に見ながらも、多くのロスジェネが我こそは取り残されまいと、死に物狂いで就活に挑んだ。

「実家が太い」先輩や同期は、大学院進学というモラトリアムへと逃げた。彼らは就職戦線から逃れたい一心で「院」へと進学した。そこまでの経済力が親にない私は、指を咥えて見ていた。しかしそんな彼らもその後の人生は決して安泰ではなく、ポスドク問題で苦しむ姿を目の当たりにすることになる。

私は結局、東京の零細出版社でアルバイトする道を選んだ。そこで私は生き馬の目を抜く社会の洗礼を、身をもって体験するのだった。

私が勤めた出版社は、アルバイトでも社員並みに働かされるブラック企業だった。平日は朝から深夜まで会社に拘束され、土日もどちらかは仕事で埋まった。それで手取りは、13万ほど。生活に困窮した私は、髪の手入れはカットモデルで済まし、友人との呑み会なども極力断り、自炊では肉や魚は最小限にしてもやしでかさ増しするなど、涙ぐましい努力をしていたはずだ。思い出してみれば、祖父が亡くなったときも帰省の交通費をねん出できず、親に泣きついた気がする。

しかし辛かったのは、低賃金だけではない。「ロスジェネあるある」なのだが、上司のパワハラがもれなく待ち受けていた。職場には、いつも所かまわず誰かを怒鳴り散らす上司がいる。私は自分がその標的になるのではないかという恐怖感に支配され、ビクビクして怯えていた。長時間労働に忙殺されると、次第に頭がまともに働かなくなる。

そんな労働環境による過労がミスを呼び、上司の雷が落ちる。その繰り返しだった。冷静に今考えてみると、企業側に大いに問題があるのだけれど、当時はひたすら自らを責めていたと思う。

心身ともに追いつめられた私は、激務とパワハラのコンボに耐えかねて、半年ほどで会社をやめた。その後ハローワークにも幾度となく通ったが、社会で味わった挫折感は深く、いざ応募となると立ちすくんでしまう。私は、社会不適合者のダメ人間なんだ――。そんな思いが片時も離れず、自己嫌悪で死にたくなった。

そんな私が今日まで生きてこられたのは、ちょっとした運命のいたずらがあったからだ。会社勤めに絶望した私は、ある日どこかで「ライター募集」の広告を見つけた。風俗嬢やキャバクラ嬢が読むホスト雑誌の求人だった。私は軽い気持ちでそれに応募し、女性編集者と知り合った。彼女は私と同い年で、同世代という気楽さもあったのか、次々に仕事を振ってくれた。記事を読むのは水商売の若い女性たちなので、同世代の私の感覚は重宝され、その雑誌のメインライターとなった。

夜の世界の取材は、根気と体力がいる。ホストの誕生日などのイベント取材では、深夜に何時間も出待ちをしなければならない。風俗店の取材では、客と嬢がイタす場面に遭遇することもある。しかし、私には何ら苦ではなかった。一般社会の方が、何十倍も生きづらかったからだ。パワハラもセクハラも年功序列もない。金と欲望だけが正義の世界――。私はそこに居場所を見つけ、それを足掛かりにフリーのライターとなった。

もし夜の世界と出会っていなかったら、どうなっていただろう。実家に戻って、ひきこもって、8050問題の当事者になっていたか、思いつめて命を絶っていたかもしれない。だから今も夜の世界には感謝している。しかし、私は単に運が良かっただけだ。

あれから、15年以上の月日が流れた。同時代を生きたロスジェネ女性たちの現在を取材してはどうか――、某ウェブメディアの編集者から私に白羽の矢が立ったのは、コロナ禍前、政府がロスジェネ対策に重い腰を上げ始めたあたりだった。同世代の編集者に喫茶店に呼び出され、熱いロスジェネへの問題意識を聞いた。

「就職氷河期世代」はバブル崩壊後、雇用環境が特に厳しい時期に就職活動を行った世代で、希望する職に就くことができず、現在も不安定な仕事に就いている人が多いこと。その中でも女性は今ほど男女平等や働き方改革、セクハラ対策の恩恵も受けていなかったこと――。

編集者の理路整然としたロスジェネ分析を聞きながら、わかったことがある。それは、私自身が時代に翻弄され、「傷」を受けたロスジェネの一人だということだ。しかしその渦中に身を置いていると、そんな自身を振り返る余裕もなく、生きのびるのに精いっぱいだったことに気づく。それはもしかしたら、他の多くのロスジェネも同じではないか。

私は改めて過酷な同時代を生きた無数のロスジェネたちに、思い巡らせてみた。ロスジェネ論を分析する人たちはいるが、個々人に迫った記事は少ない。ロスジェネが人生をどう生きてきたのか、世に問うことに意味があるかもしれない。そんな思いから連載が始まった。

取材を通じて、正社員に戻れず今も非正規で働くロスジェネの声を聞いた。その中で漏れ出てきたのは、「正社員に戻るのが、怖い」という言葉だ。たとえ正社員としての道が開かれていたとしても、かつてのトラウマがよぎってしまう。それはまさに私が新卒のアルバイトで、自信喪失したときの感情とそっくりだった。取材で感じたのは、ロスジェネたちの目に見えない「傷」の深さだ。小さな傷でもそれが積み重なれば、いつしか再起不能なほどの致命傷となる。

2020年の春頃――、私は恵子さん（仮名・当時46歳）と会った。恵子さんも「傷」に苦しみ、のたうち回った過去があるロスジェネの一人だ。

「ロスジェネであることに病んで、30代で一度闇落ちしたんですよ」

恵子さんは喫茶店で私と会うなり、そう切り出した。その話しぶりから頭の回転が速く、理知的な女性であることがすぐにわかった。恵子さんは名門女子大出身で、理系の学部を卒業。事務員として30代半ばまで非正規で働き、現在はIT企業で正社員として事務職に就いている。

聞くと就活以前から、挫折は始まっていた。当時会社説明会に参加するには、就職情報誌に付属のはがきで応募しなければならなかった。しかしその情報誌が届くのは男子学生のみで、女子学生には届かないのだ。そのため恵子さんは手書きで一枚一枚はがきを書いて企業に「お願い」したという。今でこそダイバーシティが声高に叫ばれるが、20年ほど前は、何とも理不尽極まりない男尊女卑がまかり通っていた。私はロスジェネ女性を取り巻く環境の過酷さに、唖然とさせられてしまう。

数は少なかったが、女子大に絞って求人票を出す企業もあった。しかし、ここでも壁にぶつかる。そのことを知った共学の女子学生が、張り出された求人をむしっていくのだ。就職戦線に敗れた恵子さんは、知人の紹介で事務職のバイトをすることになる。最低賃金で手取りは10万円ほどだが、プータローよりはましだといい聞かせた。実家暮らしで、なんとか衣食住は確保していた。

不穏な経済情勢を感じ取ってか、同級生は卒業から5年以内にバタバタと結婚。恵子さんも親の勧めで、ある男性とお見合いもした。相手はメガバンクに勤めるエリートで、ニューヨーク支社勤務だった頃の話をしてくれた。海外勤務は面白くないとうそぶき、聞けば日本人とばかりつるんでいたという。私と違ってチャンスに恵まれて、世界を股にかけているのに、何てもったいないんだろう――。男性との違いすぎる環境に、「この人とは無理」と思い、そのまま結婚自体も諦めた。

その後、恵子さんは転職するが、上司のパワハラに遭い、無理やり会社をやめさせられた。しかし職安に行くと自己都合退職になっていることを知る。「交通事故に遭ったと思って諦めてください」とぞんざいな職員に、社会に対する不信は日に日に強くなっていくばかりだった。

恵子さんがもっともつらかったのは、会社員の同級生が送ってくる無邪気な近況報告だ。「今日は、会社の新人研修が大変だよ」「今、同期と飲んでるよ」。それは次第に、「社内結婚して、子どもが産まれました」と変化していく。同級生たちは、着実に人生の階段を上っている。自分だけは当たり前の社会人像から外れたのだ――。そんな思いは恵子さんを深く傷つけた。

「ロスジェネ問題が難しいのは、みんながみんな苦労したわけじゃないところだと思うんです。今も勝ち組ロスジェネ男性とは話が合わない。ロスジェネでも俺たち頑張ってるからすごいという人もいる。でもそれはあなたの実力以外のところもあるよねと思う。一歩間違えば自分も私みたいになっていたかもしれないという想像力がない。勝ち組と負け組がいて、同世代でも色分けされている。人によってケースバイケースで、そこには深い分断がある」

恵子さんの言葉に、深く頷かされる私がいた。確かに就職戦線に勝利して、安定的な企業に就職したロスジェネたちは、経済的恩恵やキャリアを当たり前のように手にしている。その一方で貯金もできずに結婚を諦めたり、非正規でギリギリの生活を送っていたり、ひきこもりになった人もいる。恵子さんのいう通りその運命の分かれ道は、投げられたコインがたまたま表か裏かという偶然性に過ぎない、と。それならば私たちは、自分が生きたかもしれない他者の人生に、もっと自覚的に耳を澄ますべきではないだろうか。

恵子さんは30代後半、ロスジェネであることのジレンマから心を病み、ついに休職を余儀なくされた。休職中、恵子さんは近所の図書館によく通っていた。図書館の片隅には雑誌コーナーがありいわゆるバリキャリ女性向けの雑誌が並んでいる。ふと一冊を手に取ってページをめくると、一週間のお洋服コーディネート企画が目に入った。スーツを着こなし会社でイキイキと働くその姿が、輝いて見えた。

「私、それを見てこれまでの人生で何が一番悔しかったか分かったんです。本当は、こうなりたかった。だけど、そうなれなかったことが苦しかったんだなと気がついたんです」

恵子さんの心境を思うと、私も胸が苦しくなる。目の前にいる恵子さんはどこから見ても知的なオーラの漂う、優秀な女性だからだ。少し時代が違えば、恵子さんは雑誌のモデルのような服を身にまとい、才能を生かして大活躍していたのではないか。それを思うと悔しくていたたまれなくなる。しかし恵子さんは私に対して、意外な言葉を続けるのだった。

だけどもうそんな感情も、手放してもいいかもしれない――、と。

46歳独身。今後会社で給料が上がる見込みはない。今はメルカリで古着を見るのがささやかな幸せ。年下で役職が自分より上になった後輩もできた。今は後輩の出世を自然に「おめでとう」といえる。最後に私は恵子さんに、もし男性だったらどうなっていたと思いますか？　と問いかけた。男性であれば、理系なので氷河期でも正社員として引きはあったはずだと、恵子さんは淡々と答えてくれた。

恵子さんの答えに、私は複雑な思いを抱いていた。目の前のこの聡明な女性は、ここに至るまでどれだけの葛藤を抱え、数え切れないほどの何かを諦めてきたのだろうか。果たしてそれは本来、彼女が諦めなければいけないものだったのか、と。

そんな恵子さんの人生をまとめたウェブ記事のタイトルは「早すぎたリケジョ」。これは担当編集者がつけたのだが、ロスジェネに翻弄された理系女性の悲劇を、端的に表していた。

「やりがい搾取」という言葉が、巷で話題になり始めたのは2000年代後半。あゆみさん（仮名・当時36歳）はまさにその「やりがい搾取」の犠牲になったロスジェネの一人だ。あゆみさんは明るく元気な性格で、アグレッシブな女性である。何事にも真剣に打ち込むあゆみさんを、ぼろ雑巾のように使いつぶし、追い込んだのが「やりがい搾取」だった。

「今まで働いてきた会社は、どれも超絶ブラックでした。現代の奴隷制度ですよ。私は今でも社畜体質なのですが、ロスジェネで育つと社畜体質になっちゃうんですよ。やりがい搾取にまんまとハマったと思います」

あゆみさんは美術系の大学に在学していたが、不景気のあおりで、父親の会社が倒産の危機に陥り、大学中退を決意。バイトしていた出版社に契約社員としてそのまま入社した。

当時の出版界はまだ雑誌が花盛りだったが、その華やかなイメージの舞台裏はというと、やりがい搾取の温床でもあった。あゆみさんの職場も例外ではなく一日12時間勤務はざらで、月6、7回は徹夜の日々。しかし給与は日給換算で、残業代は出ない。月給は手取り16万円程度。家賃は月に7万円で、都内だと一人暮らしの女性が安全に住めるギリギリラインだ。生活は苦しかったが、年ごろなので洋服も欲しい。そこで削ったのは食費だった。空腹を満たすため、米だけ食べていたらぶくぶくと太った。光熱費が払えず、支払いを親に泣きつくこともあった。

その後、雑誌の売れ行き減少などから紙媒体の低迷を感じたあゆみさんは、30代前半でＩＴ関係の制作職に転職した。雇用条件は年俸４００万。これまで低賃金に喘いでいた立場からすれば、破格の待遇に見えた。しかしそこでも困難が待ち受けていた。一日12時間以上の激務プラス、土日も仕事関係の勉強をしなければ追いつかないのだ。さらに上司は、執拗に性的な関係を迫ってくる。拒否すると激しいパワハラと、社内いじめが待っていた。３日でサイトを作れとの無理難題を突きつけられ、徹夜を余儀なくされた。

「１週間の制作スケジュールを勝手に決められるんです。その通りにいかなかったらみんなの前に立たされて、押した理由を詰められる。あれはリンチだったと思います」

全員強制参加の月１で開かれる飲み会では、朝まで飲み屋をハシゴさせられた。帰りに上司のセクハラの餌食になりかけたことも。怒涛のように仕事をこなしても、女性社員だけがオフィスの掃除をする慣習があり、何よりも辛かった。

「一番嫌だったのは、男子トイレも女性社員が掃除しなきゃいけないこと。小便器を必死にブラシでこすって、泣きたくなりました。男性社員は見て見ぬふり。仕事量も責任も全部一緒なのに、女性が掃除させられることに本当に腹が立ちました」

しかし社畜体質のあゆみさんは、その会社を2年間耐え抜いた。その後、何回か転職をして、今はITベンチャー企業でコンサル業に就いている。マネジメント職となった現在では、上下の世代に複雑な心境を抱いている。売り手市場で入社した新卒は褒めないと退職するので気を遣うし、上の世代はボーナスの入った封筒が立ったとか、内定祝いでディズニーに連れて行ってもらったなどの「武勇伝」がある。這ってでも会社に行き、貯金もできなかった私たちの世代って――。あゆみさんは、そういうと苦笑した。

ロスジェネの辿った道を改めて考えてみると、低賃金や長時間労働のみならず、パワハラやセクハラ、男尊女卑が横行した異常な社会環境だったことがわかる。ウェブメディアの企画で取り上げたのは女性のみだったが、性別にかかわらず、ロスジェネが様々な苦難にあえいだのは、想像に余りある。

しかしロスジェネも、声を上げなかったわけではない。

2007年、そんな社会状況に対してNOを突きつけたロスジェネの論客もいる。評論家の赤木智弘さんだ。

「『丸山眞男』をひっぱたきたい　31歳、フリーター。希望は、戦争。」

当時フリーターだった赤木さんは、２００７年にそんなセンセーショナルな物言いで言論界をジャックし、知識人をざわつかせた。赤木さんと私は同じロスジェネで、数年前に知り合って以来、イベントでご一緒したり、たまに飲み会で会う仲だ。

当時を思い出してみると、私にとって赤木さんの存在は暗闇の中に射す一条の光だったように思う。ロスジェネ由来の生きづらさを抱えていた私は、赤木さんの発信によってドラスティックに社会が変わって欲しい、そう願っていた。なぜならば私たちにはかろうじて「若さ」という切り札が残っていたからだ。

あのときから瞬く間に時間は流れ、全てがひっくり返るコロナ禍へ突入――。そんな中、改めてロスジェネへの思いを聞くべく、私は年明け早々に喫茶店で赤木さんと会った。私も40を超え、赤木さんもアラフィフだ。長い月日が経ってもロスジェネに対して未だに無策である政府に、赤木さんは憤りを隠さない。

「ロスジェネ世代も、これまでは体が普通に動いていたけれど、病気とかでだんだん立ち行かなくなっていく。私たちは年を取ったんです。年齢と時間は、不可逆なんですよ。人生の可能性が年齢とともに減って、時間だけが経ち体は老いていく。それなのに、未だに氷河期世代に対するケアは十分でないですよね。要は国がこれまで何もやってこなかったんですよ。その一方で世間には自己責任論や、弱肉強食的な考え方が広がっていて、声を抑え込まれている。これは社会としても、行き詰っていると思うんです」

赤木さんのいう通り、私たちにはもう若さという切り札は残されていない。周りには生活のために結婚や出産を諦めた人も大勢いるし、未だに奨学金の支払いで精いっぱいな先輩もいる。体力の衰えを感じる昨今。そんな私たちに待ち受けるのは無慈悲にも、「老い」の足音だ。

「今問題になっている日本の人口減も、ロスジェネ世代が子どもを産めなかったのが大きいですよね。さらに氷河期世代は、住宅や車が買えなかったり、白物家電などの買い替えのスパンは長くなっていたりする。それで景気が悪くなって、国からは福祉に対してもさらにお金が出なくなる。今後はロスジェネ世代の老いによって、年金問題や生活保護など社会保障の問題が噴出してくる。まさに負のスパイラルですね」

そんなロスジェネ世代に対して、赤木さんが唯一の打開策として考えられるのはなにか。それは、時代の犠牲者となった氷河期世代に、国がお金を回すことだという。

「といっても生活保護レベルではなくて、家や車を買える生活水準のお金です。そこに国の予算や社会保障を突っ込んでいくしかない。その方が日本の景気が全体的に良くなるという考え方になった方が、社会にとっても結果的にいいと思うんです」

これまで国に絶望しかしていない私には、それは一見実現不可能なことのようにも思える。しかし赤木さんはそうやって粘り強く国に訴えていくしかないのだと訴える。

私が取材で感じたのは、国や企業によって尊厳をはく奪されたロスジェネたちの「傷」の深刻さだ。中には正社員になっても過去のトラウマから強迫的なまでに慎ましい生活を送るロスジェネも多かった。いずれにしても、その「傷」を回復させるには強力な一手が必要なのは、間違いない。赤木さんはそれを「お金」だとしている。

それにしても、「希望は戦争」から15年。ロスジェネの代弁者ともいえる赤木さんの目から見て社会が何ら変わらなかった事実に深く絶望してしまう。

「もう、希望はないんですよ。希望とかいってる場合じゃない。個人レベルでできるのは、細々と生き延びていくことくらい。だけどそれは、希望とはいわないですから」

当時30代だったロスジェネの旗手は、15年が経ってもなお抜本的な救いの手がないことにやり場のない怒りを抱いていた。

赤木さんの話に耳を澄ませながら、私はあるロスジェネ女性を思い出していた。彼女は目の前で履歴書を破かれる圧迫面接に苦しみ、就職できたのはＩＴ系のブラック企業だった。当時の手取りは13万。梱包材のプチプチにくるまり、週に何回も会社に寝泊まりした。過労でけいれん発作を起こしたこともある。ブラック企業を転々とし、あるとき上司のセクハラに耐えかねて会社をやめると、一番味方でいて欲しい親に「仕事まじめにやってんのか！」と罵倒された。

そんな彼女の頬をツーッと伝う涙――それが私の脳裏に焼きついて離れない。私は数え切れないほど、こうしたロスジェネの涙を見た。苦しかった、辛かった。溢れ出る涙をときには拭い、ときにはこらえきれずに鼻をすすりながら、同世代たちは懸命に言葉を続けようとする。私たちを忘れないで。国は、企業は、この現実にどうか向き合ってほしい、と。こうした思いに今も寄り添えていない社会に、確かに希望はないのかもしれない。

しかし、果たしてその「傷」を本当に無かったことにしていいのだろうか。数百万人もの人々の苦しみを「生まれた時代が悪かった」の一言で、ただ葬り去っていいのだろうか。私はやっぱり、そんな社会はおかしいと思う。それと同時に私はかつての私自身に、そして多くの傷を受けたロスジェネたちに声を大にして、伝えたいことがある。おかしいのはあなたではなく、社会の側だったのだ、と。

第三章

いまの時代の生きづらさ

Z世代の繋がり

テレビを「捨て活」してから、ＹｏｕＴｕｂｅを見ることが多くなった。いや、それ以前からテレビは地上波以外のネットフリックスやアマゾンプライムビデオを見るだけのモニターと化していたのだけれど。

ＹｏｕＴｕｂｅでついつい見てしまうのは、一般の人々がアップしている〝ルーティン〟と呼ばれる動画で、それぞれの日常を切り取った映像のこと。中でも20代のZ世代のルーティン動画は、よく見るコンテンツだ。同世代の動画はあまり見ない。30代以降になると結婚し家族が増えたり、子どものしつけなどに追われたりしてバタバタと忙しそうだ。

その反面、Z世代は、一人暮らしを気ままに謳歌している様子をアップしていることが多い。ずぼらな私は、ちょっと適当なくらいの生活をさらけ出す彼らにこそ親近感を抱きやすく、気楽に見れてホッと一息つけるコンテンツなのだ。

例えば、モーニングルーティンは、たいてい寝起きのシーンから始まる。朝のひと時、日本のどこかのワンルームに住む会社員の女の子が、ベージュ色のふわふわの布団の中に埋もれている。栗色のロングヘアだけが見え、顔は映らない。ものぐさなキャラクターを売りにしているその子は、スマホの目覚ましがなってもすぐには起きない。うつ伏せに寝っ転がったまま、5分が経過してしまう。しばらくしてもぞもぞと動き出し、布団からようやく顔を出すと、寝癖でぼさぼさの髪のまま顔を洗う。それから、ドラム式洗濯機を回し、どこのスーパーにでも売っていそうな安いクロワッサンを、インスタントコーヒーで流し込む。私と同じだ、と思わず笑みがこぼれる。寝起きから出社までのわずかな時間が、そこには克明に映し出されている。

よく考えてみれば、他人の寝起きを見るのは、不思議な感じがする。私はいつしかこんなルーティン動画から目が離せなくなっていた。少し前、民放やＮＨＫのテレビ番組をもう何年も見ていないことに気づき、「捨て活」をする中で大型テレビを思い切って処分したのだった。それもあって今はこうした何の変哲もない「他人の日常」を覗き見る時間がやたらと長くなっている。

慌ただしい朝の風景と違って、ナイトルーティンでは、ものぐさなあの子が帰宅後、真っ暗な室内のドアを開けるところから始まる。仕事着から、ゆるっとしたルームウェアに着替えて、レトルトカレーをチンする。疲れた様子の彼女は、少しでも健康的なモノを口にしたいらしく、キッチンに立ち、冷蔵庫の中にあったありあわせの野菜でサラダだけを辛うじて作って、すきっ腹を満たす。そうそう、仕事帰りでぐったりした日は食事も作る気しないよね。でも、健康のためにサラダぐらいはなんとか、こしらえたい。わかるわ、と心の中でエールを送る。彼女は簡素な食事を済ますと、ソファーにごろんと寝そべり、ゲームとＹｏｕＴｕｂｅの徘徊に明け暮れる。次第にうつらうつらしてきて、部屋の電気がフッと消えて、動画は終わる。

こういったモーニングルーティンやナイトルーティン動画は、ＹｏｕＴｕｂｅの人気コンテンツであり、日々量産されている。「ルーティン」で検索すると、まず出てくるのは、「中学生」、「高校生」、「主婦」など属性の検索候補キーワードだ。中には「社畜」なんてものもある。それだけ人々が自分の属性に近い人や、身近な他者の日常を見てみたいという欲求を持っているということなのだろう。私自身、誰かの日常をただ眺める行為にそこはかとない安心感とぬくもりを覚えてしまっているのだ。

ルーティン動画とともに最近目が離せないのは、「ゆるミニマリスト」と呼ばれるZ世代のインスタグラマーたちである。捨て活をするようになって、彼女たちの日常が気になるようになった。ゆるミニマリストとは、「ゆるい」＋「ミニマリスト」を組み合わせた造語で、何よりも「ゆるい」というのが、ミソだ。

彼女たちはスリコ（３００円アイテム中心の雑貨屋スリーコインズの略）や、1万円以下の安くて可愛い家具など、誰にでも手に入れられる価格のモノたちで、部屋を彩る。そしてミニマリストという名の通り、大量にモノを持つことはない。持ち服は全20着なんていう、ゆるミニマリストもいる。そんな彼女たちの日常に惹かれ、スマホの向こう側を見つめている。

決して価格は高くはないが、厳選されたモノを少量持ち「お気に入り」だけに囲まれること。

それが彼女たちが絶大な支持を集める理由だ。彼女たちは多くが会社勤めでワンルームに住む、普通の会社員である。大きな部屋に引っ越すことを目標とすることもなく、むしろ6畳や5・5畳の小さな部屋をいかに自分色に染めるかを売りにした発信をしている。

よくある茶色のフローリングに、大理石調（大理石ではなく、調というのがポイントだ）のフロアマットを敷き詰め、真っ白のラウンドテーブルを窓側に置き、グレーやスケルトンの椅子を並べる。生活感の出るテレビはなから置かず、その代わりに数万円のプロジェクターを白壁に映し出す。白のベッドを並べ、スリコのドライフラワーを飾れば、くすんだ狭いフローリングの部屋は、シンデレラのような大変身を遂げる。どこにでもあるワンルームがお姫様の部屋に様変わりするのだ。

そんな実生活の変化を発信するZ世代の会社員インスタグラマーは、顔も出さないことが多い。むしろ無名性や匿名性にこそ、意味があるのだろう。一方で彼女たちは、自分の欠点やコンプレックスは隠さない。最近流行りの骨格診断などを駆使して、自らの体型の悩みを打ち明け、それをカバーしてくれる洋服を次々にアップする。また生理期間を楽にする、「吸水ショーツ」などのフェムテック製品の紹介もする。彼女たちが紹介した商品は、瞬く間に売れる。

つまり同世代の若者たちの憧れの的になっているのだ。彼女らは身近なアイドルのような存在だ。その証に質問を募ると、ファンからの羨望のメッセージが次々に寄せられる。「○○ちゃん、休日はどうやって過ごしていますか」「○○ちゃん、可愛いです！　○○ちゃんみたいになりたいです」「○○ちゃんは、家計簿はつけていますか？　貯金はどうやっていますか」

「コスメは何を使っていますか。最近、○○ちゃんが買ったアウターを教えてください！」

……。

私は前々から芸能人などの遠い存在ではなく、いわゆる「市井の人」に興味があった。私が働く雑誌の世界では、必然的に芸能人や文化人など、華やかさを持った人がもてはやされてきた。しかし令和に入ってからは、「離婚」「不倫」「ロスジェネ」などのテーマの取材が増え、街を行く普通の人にインタビューすることが多くなった。身近な誰かの身に起こった切実な「何か」を、人々が求め始めたからだろう。

昭和、平成、令和という時代を生きてきて、私はその「市井の人」たちの変化を肌感覚で感じている。それは、時代の先端を行くZ世代で特に顕著だ。私が彼女たちと同じくらいの年頃だったときには、援助交際やギャル文化が花盛りだった。「援交」はしばしば小説のテーマにもなり、その金字塔である村上龍『ラブ＆ポップ』では、12万円のトパーズの指輪を手にしなければならないという思いに駆られ、身体を売る女子高生が描かれている。それは当時の若者たちの同時代性に富んだ作品で、まさに時代の「旬」を表していたと思う。

だが、それは今や過去の遺物に過ぎない。Z世代を動かしているのは、トパーズのような高級品に代表される高望みではない。彼らが切実に求めるのは、等身大の私を輝かせてくれる近しい「あの子」の生活なのだ。個人がSNS等で発信できるようにもなった環境の変化も大きい。

かつての芸能人と現代のインフルエンサーの違いは、まさに彼らが向いている方向だと思う。芸能人は、テレビなどのメディアを通じて、圧倒的多数であるマスを対象にしていた。それは輝かしいスクリーンの向こうのアイコンとして、君臨するしかなかった。どんなにファンが親近感を抱いても、彼らが向くのは一方向で、そこには見えない「壁」があったのだ。

しかし現代のインフルエンサーはニッチで双方向なところにこそ、ニーズがある。彼らは私たちと近い存在であり、それにこそ付加価値がある。彼らはコールアンドレスポンスに敏感で、インスタの投票やアンケート機能を駆使してファンと直に繋がり、コミュニケーションを深める。等身大で多くを求めず、まったりと自足するZ世代——。ブランド物や高級品といった見栄や虚飾に踊らされてきた私からすると、彼らのその姿勢は、純粋に羨ましい。だから私はきっと彼らが日々発信する「日々の小さな幸せ」から、目が離せないのだろう。

もう一つ、私が今のZ世代に感じるのは、「推し」カルチャーの台頭だ。Z世代に限った話ではないが、「推し」がここまで浸透した時代は、これまでなかったのではないか。

いきつけの美容室で、Z世代の美容師の女性と「推し活」の話で盛り上がったことがある。彼女は、推しの2・5次元アイドルの誕生日に、ある儀式をするという。デパ地下でホールケーキを買い、部屋をガーランドやポンポンで飾りつけ、たった一人で推しの誕生日を祝うのだ。そうして、時計が12時を指すと、「ハッピーバースデー！」と叫ぶ——。もちろん最後にケーキを食べるのは彼女自身だ。ケーキを口に含んだ瞬間、ほわーんとして、とっても幸せな気持ちになるのだと、私の髪をドライヤーで乾かしながら、彼女は無邪気に笑った。

なにそれ、すごく楽しそう！　と私も思わず相槌を打つ。実は私もかつては極度のゲームオタクで、熱烈な「推し」キャラがいた。部屋中にキャラのポスターを張りまくっていたこともある。

しかし彼女よりも一回り、いや二回り年上の私にはまだどこかそんな「儀式」に入り込むことに、若干の気恥ずかしさがある。部屋のドアを開ける度に親や弟に、白い目で見られていたという苦い記憶がよぎるからだ。だけどZ世代の彼女は、他人がどう思うか全く気にならないようだ。いや、そもそも周囲を気にするどころか、むしろそんな「推し活」の様子をインスタに堂々とアップしている。私は彼女との大きな価値観のギャップを感じつつ、心の中では、羨ましくもあった。それを指摘すると、「上には上がいるんです」と彼女は不敵な笑みを浮かべた。

「私なんてまだまだですよ。インスタで見たんですけど、推しの誕生日に高級ホテルを予約するツワモノだっているんですから。私もいつかやってみたいんですけどね、あはは」

「推し」の記念日にスーツケースに推しグッズを詰め込み、ちょっとだけリッチなホテルのソファーに「推し」のグッズを並べて、そこで一人、優雅なパーティーをする。その様子をインスタにアップ。それは彼女が夢見る極上の非日常の贅沢なのだ。私はその様子を想像してずいぶんと、時代が大きく変わったことを実感させられたのだった。

「推し」カルチャーが台頭したのは、かつての世代に比べて課金文化への抵抗がないことが大きいだろう。大好きなＹｏｕＴｕｂｅｒに投げ銭し、「推し」に課金する人も多い。

「推し」を「推し」と観に行っちゃった！——そう話すのは、取材で知り合ったＺ世代の結衣子さん（仮名）だ。「レンタル彼氏」の「推し」と一緒にアイドルの「推し」のライブを観に行き、その帰りに居酒屋に呑みに行く。今や本音を語れるのは「友達」ではない。友達は何かと気を遣う相手であり、「お金」で時間を買うレンタル彼氏こそが、悩みの相談相手であり愚痴をさらけ出せる相手なのだ。

結衣子さんの話は単純明快だった。「だって友達って、気を遣うじゃない」——。彼女のあっさりとした歯に衣着せぬ物言いに、「確かにそういう面もあるよね」と頷かされる私がいた。いわれてみれば彼女のいう通り友人関係は、ほとほと「疲れる」部分も多い。私自身、友人との距離感で悩まされることが多かった。だったら最初から、期待しなければいい。そういった意味で、彼女の言い分は、至極合理的だとすら感じる。

取材で知り合ったＺ世代の玲奈さん（仮名）には少しだけ驚かされた。玲奈さんは最近、「乙女ゲーム」にハマっている。「乙女ゲーム」とは、主人公が女性で男性キャラクターとの恋愛をシミュレーションするゲームだ。その中ではゲーム上の架空のキャラクターが、スマホにメッセージを送ってくるのだという。「あっ、〇〇君からメッセージが届いてる！」。玲奈さんは取材中、ピカピカと光る通知が気になるようで、心ここにあらずだった。彼女にとってやり取りをしている相手がリアルな人間なのか、そうではないのか、もはやその差はないし、どうでもいいことなのだ。

個人がひとそれぞれ、思い思いに小さな幸せを見つけ、自足する——。リアルな人間関係には過度に期待しないし、深くは立ち入らない。それが「市井の人」を長年見つめ続けて感じた令和という時代の輪郭だ。私自身もれなくその渦の中にいて、日々ＹｏｕＴｕｂｅやインスタなどのコンテンツを享受している。

しかし一方で、私はそんな時代に対して、少しもやっとしたものを抱えてもいる。そういう人間関係のあり方に、どことなく、生きづらさを感じているからだろうか。そうしたキラキラしたA面は、ドロドロしたB面と隣り合わせなのではないか。薄皮一枚で隔てられているだけなのではないか。

私がそれを直感したのは、孤独死などの取材を通じて、現役世代や若者を含む多くの世代で社会的孤立が深刻化していることを知ったのも大きい。実は、孤独死は高齢者だけでなく現役世代にも多く起こっている。多くの人がひとそれぞれに「個」や消費者として自足する一方で、孤独感を抱え、孤立し助けを求められない人も増えているのだ。

「菅野さん、これ見てくださいよ」

コロナ禍で久々に再会した彼は単身者向けにＬＩＮＥ見守りサービスを展開している。利用者が設定した間隔で、ＬＩＮＥに安否確認のメッセージが自動送信される。タップすれば、通常は安否確認は終了。しかし一定期間タップされない場合、彼自身が利用者に電話して安否を確認する。安否確認できない場合、事前に本人が登録した近親者に連絡するという仕組みのサービスだ。

彼は、喫茶店で会うなり、開口一番若者たちの孤立が危ぶまれる状況を知って欲しいと話した。男性の名前は、紺野功さん。紺野さんを一言で表すと、おせっかいおばさんならぬ、おせっかいおじさんだ。私たちは孤独死の取材で知り合い、時たまお茶を飲む仲になった。心優しいおじさんである紺野さんだが、弟を孤独死で亡くしてから孤独死を少しでも無くそうと、ボランティアでＬＩＮＥを使った見守り活動を行っている。

そんな紺野さんが、頭を抱えている。彼は紙の束を私に差し出した。

ＬＩＮＥ見守りを利用している若者たちを対象に利用動機のアンケートを取ったところ、紺野さんの元に寄せられたのは、あまりに悲痛なメッセージだったという。

「孤独死しても、頼れる人がいません」「自分から連絡が途絶えても誰も死んだとは思わないし、死んだと思っても、わざわざ来るような人はおそらくいない。住所を知っている友人もいない。いつ死んでも大丈夫という安心感が欲しかった」「このライン見守りの通知が届くことだけが、心の安定剤です」「天涯孤独です」……。

紺野さんが差し出した紙には、悲鳴のような若者たちの言葉が綴られている。紺野さんは若者たちにまん延する孤独に、明らかに困惑していた。これだけ孤独感を抱えた若者がいる社会はやっぱり、おかしいですよ。なんとかしないと。目の前の紺野さんはそうつぶやき、戸惑いを隠せない様子だ。私もその紙の束を見て、思わず肩を落としてしまった。社会のB面を、ふと垣間見てしまった気がしたからだ。

孤独感を抱え、苦しんでいる若者がこれだけいるということ。そして、何よりそんな孤独をさらけ出せる唯一の相手が友だちでも親でもなく、紺野さんという顔も知らないおじさんだという驚愕の事実――。それは現代社会の暗いB面を如実に物語っている気がする。以前民間のシンクタンクの調査で知ったのだが、孤立度が最も高いのは実は高齢者ではなく、若年世代である。それはまさに、紺野さんに寄せられた若者たちの叫びと一致するものがある。

では、なぜ、私たちは孤独でこんなにも生きづらいのか――一つの答えをくれたのが、早稲田大学の石田光規教授だ。石田先生は、日本における孤立孤独の研究のスペシャリストで、孤独死の取材やらイベントやらで何かとお世話になっている。

その石田先生の『友人の社会史』という本が、衝撃的だった。本書によると、かつて友人関係は、お互い自己を開示しながら深めていくものだった。しかし近年、そこに極力本音を見せず、その場の空気を共有する「新しい型」が加わってきた。そうして、友だちの関係も徐々に変わっていったという。

2003年をピークに激変したことがある。それは、若者たちの間で友人に悩み事や心配事を相談する人が減り、母親に相談する人が増えはじめたことだ。最新の調査によるとついに近年、その数は母親が友人を超えた。つまり若者たちにとって、友人は自己開示をしたり、相談できる相手ではなくなったのだ。

スポーツ報道においても変化は現れた。選手同士の友情物語は定番だが、高校野球の記事を例にとってみると、2000年以降友情にフォーカスしたものが急増していることがわかった。興味深いのがその物語の中身だ。石田先生流に解説すると、それは「無菌化された友情の物語」だという。妬みや諦め、愚痴といった人間関係のいわば暗くドロドロした部分がすっぽりと取り除かれたものが多いのが特徴的だった。

2000年頃から人々は憧れ（幻想）としての友情物語に魅了され、消費するようになった。現実の人間関係が不安定となり、苦しくなっていったからだろう。それは、私たちにひたひたと忍び寄る「孤独や孤立」の足音に他ならない。

なるほど、と思う。本音で人と人とがぶつかりあい、その中で友情を築いていく友人関係は、もう珍しいものになっている。その一方で私たちは内心では、アツい友人関係を渇望している。ただし、それは人間関係の痛みを伴わないご都合主義なカッコ付きで、というわけだ。

この指摘には、思わずドキリとさせられるものがある。私自身ピュアな友情映画が大好きで、ネトフリなどで好んで観る。そうして一人部屋で、ティッシュを片手におよよと涙することが増えた。一方で現実に目を向けるとどうだろう。リアルな友人関係で本音をぶつけることは、以前に比べてガクンと減った気がする。現実問題、友だち付き合いにおいて、なるべく穏便に波風立てない方向へと舵を切っている。だからこの分析は、痛いところを突かれた感じがする。

その石田先生が、2022年に『「人それぞれ」がさみしい』を刊行した。今の時代を表したタイトルだな、と感心する。石田先生は若者たちが多用する「人それぞれでいいよね」という言葉に注目する。私も「人それぞれ」という言葉を友人たちとの間で、いつしか多用するようになっていた。

しかしやっぱり「人それぞれ」は寂しくて、心の許せる誰かが欲しいと私たちは感じている。生きづらさの根源は、この二つの矛盾する感情の間で私たちが揺れ動いているからかもしれない。

人間関係はときとして傷ついたり、傷つけたりすることもつきものだ。前掲書は、その狭間に置かれた私たちの「生きづらさ」を浮き彫りにする一方で、ドラマや映画のように「無菌」のまま人間関係のいいとこ取りは決してできないという「ちょっと痛いけど、本質的」な真実を突きつける。それは、リアルな人間関係から目を背けがちな私の心に、キリリと刺さるものでもあった。近づきたいけど、傷つきたくない。まさにヤマアラシのジレンマ。それにしても私も含めて人間は矛盾だらけの生き物だな、と思う。だから、愛おしいのだけれど。

考えてみれば推し活、ソロ活、ソロ飯、ソロキャンプ――「おひとり様」であることを消費者として歓迎してくれるカルチャーは、首を揃えて「こっちへおいで」と囁いている。確かにコンテンツにハマっている間は色々なことを忘れられる。令和になっておひとり様消費の内容はより多岐にわたり、それを歓迎する動きも加速しているように感じる。

しかし物理的に一人で生活ができるということと、一人でも楽しんで生きていけることは、表面上似ているように見えるが全然違う。もしこれらの消費活動を単に寂しさを埋め合わせるためにやっていたとしたら、いつまでも空腹を満たせないまま膨大なコンテンツを追い求め続けてしまいそうだ。キラキラした「推し」の先には「沼」という落とし穴が広がっていて、その「沼」は底なしに深く漆黒に包まれているのではないだろうか。

現に女性用風俗の世界をテーマにした私の連載では、「沼落ち」の記事が公開から時間が経ってもアクセスランキングの上位に入っている。きっと「沼る」ことに思い当たる人が多いから、ずるずると読まれ続けているのだろう。私がインタビューした女性たちは、「沼」にハマって心身ともに病み、金銭面でもボロボロになった自身の経験や、知り合いの末路についてとめどなく喋った。彼女たちは、本当は寂しさを埋めてくれる心が通じ合う唯一無二の誰かを求めていた。だが、それは容易には手に入らない。そんな女性たちの苦悩に触れていると、いつも心がヒリヒリして辛かった。

女たちが「沼」の中で溺れるなら、逆に男たちは静かに沈んでいくといえるかもしれない。孤独死の現状を追って分かったが、遺体が長期間見つからない「孤独死」に至るのは圧倒的に男性が多く、発見までの期間も女性の倍ほどかかる。そして悲しいことに前述した通り、現役世代も多い。

令和という時代、孤独、孤立と生きづらさは、切っても切り離せなくなっている。この時代、ちょっぴりみんなそれぞれが寂しくて、孤独――。例えるなら一億人の日本人が「それぞれ」に狭い水槽に入れられて、溺れかけた魚のようにアップアップしているみたいだ。それはZ世代だけではない。私も同じなのだ。私自身が平均的でありふれた、孤独な日本人だからなのだろう。ネットが普及し、便利で快適な世の中となった今、私たちは一人でも楽ちんだ。コンビニもamazonもウーバーイーツもあるし、究極的には人とほとんどコミュニケーションを取らなくても生きられてしまう。そして、膨大なコンテンツはそんな私たちの細切れになった孤独な時間を溶かし、寂しさを一瞬紛らわせてくれる。

私たちは、たとえバーチャルな存在でもその対象とつながることを欲望し、あるいはお金を払ってでもレスポンスを得たいと思い、自分のことをわかって欲しいと願わずにはいられない。仮にそれが幻想であったとしても。

私は今日もまた画面の「遠い世界のあなた」の日常に触れるのだろう。

誰かのルーティン動画は、スマホさえあれば数秒でたどり着ける。あなたは日本のどこかの布団で、目が覚めたようだ。朝のまどろみの中、見ず知らずのあなたの生活に触れる。カーテンを開けて朝日を浴び、コーヒーを淹れ、食パンで適当に朝食を済ませ、歯を磨いてドアを出ていく、顔のないあなた。いいかげんなところも、ずぼらなところも、私と似ている気がする。

しかし画面の向こうのあなたは、するりと私の手を離れていく。あなたはドアの向こうに消え、別の誰かの日常が始まる。私自身もまた、みんなと同じように酸素不足に陥りながら小さな水槽でだらだらしている。

　でも、と思う。そろそろこのぬるま湯の水槽から出るときかもしれない。そうだ、長らく連絡を取っていなかったあの友人に、久々にＬＩＮＥをして、お茶でも誘ってみよう。私はスマホの画面のＹｏｕＴｕｂｅを閉じると、メッセージを打ち始めた。

年収400万円時代の生きづらさ

先日ポストに入っていた電気代の請求書の金額を見て、震え上がってしまった。これまでに見たことのない高額を叩き出していたからだ。光熱費の高騰が世間を賑わす前から、電気・ガス・水道はなるべく節約を心がけていた。それでも冬は限界がある。万年冷え性の私は、長時間過ごす仕事部屋の寒さにはどうしても耐えられないからだ。

エアコンの温度設定は最低でも25度、足元には速暖が売りのパネルヒーターとひざ掛け、さらにはお肌や喉の乾燥を防ぐ加湿器のフル稼働が必須になっていた。しかし、ついにそのツケが回ってきたことは明らかである。

どうしたものかと暗い気持ちになり、ひどく肩を落としながら、夕飯の材料を買いに近所のスーパーに足を運んだ。キャベツの値段を見ていたら、高齢の男性の素っ頓狂な声が聞こえてきた。「今月の電気代、5万だったよ。まいったねぇ」と馴染の店員に嘆いていたのだ。「あぁ、私だけじゃなかったんだ。やっぱりみんな大変だよね……」。ささくれ立った心が、ほぐれるのがわかる。

翌日から、私は徹底的な節電に勤しむことを固く決意した。

運が悪いことにその日は、都内が冷凍庫のような寒さに包まれていた。布団から起きるなり、あまりの寒さに一瞬「ゲゲッ」と、たじろいでしまう。だけど、ここでひるむわけにはいかない。エアコンはぜいたく品、エアコンはぜいたく品――。

あの数字を見た瞬間から、そんな言葉が頭の中で何度もループしているのだから。

私は寝室から毛布を引っ張り出した。発熱素材のインナーや外出用のフリースを着込み、毛布を巻きつけ、全身おくるみの状態で、パソコンの前に陣取る。仕事部屋は日差しがほとんど入らないこともあり、室内なのにまるで屋外にいるかのような寒さである。毛布をまとっていても、指は震えてかじかみ、突き刺すような冷気で頬はひんやりして、腰がジーンと冷えているのがわかる。いつもの癖でついついエアコンのリモコンに手を伸ばしたくなるが、ここは心を鬼にしなければならない。寒い、寒い、とにかく寒い、寒すぎる――。なんだか無性に悲しくなって、泣けてきた。

バブル崩壊から、30年。ロスジェネ世代の私は、景気の良い時代を知らず、こうやって時代に適応を強いられ、何とか生きてきた。今やロスジェネに限らず、生活や老後にも不安を抱える後輩も多い。賃金も上がらず、貯金は減っていく一方。それでも生きている以上、どうにかこの社会にへばりついていかなきゃいけない。

低成長時代を、どう生きるか。色々なオブラートに包まれているが、そのような意味のことが巻ではよく叫ばれている。私たちは自分自身の置かれた環境に、カメレオンが色を変えて周りに溶け込むかのように生きてきたと思う。経済状況の度重なる悪化に翻弄されながら、日々なんとかささいな幸せを見つけながら――。

高級レストランは夢のまた夢でも、近所にある激安のファミレスに入れば、たらふく食事ができるし、スマホのゲームやＹｏｕＴｕｂｅなど無料コンテンツでいくらでも時間を潰せる。大してお金はないが、なんとなく空腹を満たせるし、コスパの良い娯楽もあるので、それなりに生活を回せているような気にさせられる。その一方で、まるで自分で自分をごまかしたり、騙しているような、違和感ばかりがこみ上げて来るのもまた事実である。

最近、書店を訪れると、よく目に入る数字がある。「年収４００万円」を切り口にした本だ。知り合いの編集者に聞くと、こうしたいわゆる〝年収４００万円本〟は、売れ筋なのだという。また、節約術や少ない年金生活で楽しく生きる系の本も花盛りで平積みとなっている。「令和版ザ・清貧」のめくるめくサバイバル術――。それはまさに世相を反映した低成長時代に相応しいラインナップだといえる。本を手に取ってみると、「ほら、みんな少ない手取りで、慎ましく丁寧な暮らしをして前を向いている。私だけじゃない。だから頑張ろう」と耳元で囁き、読者を勇気づけるような内容も多い。

だけど、本当にそれでいいのだろうか。今の私の目の前の現実は、凍えるような寒さの部屋だ。キーボードを叩く指がかじかんで震えていて、打ち間違いが頻発している。気がつくと吐く息は真っ白である。鼻水がツーと口まで伝ってきて、思わずティッシュペーパーを探すが、見当たらないので手の甲で拭う。鼻水だけが温かい。なぜ私は、こんなことをしているのか、しなければならなくなっているのか。もしかしたら、と思う。

ひょっとすると、私たちは負け続けるだけの悪趣味な罰ゲームのような世界に参加させられているのかもしれない。そして参加者は皆「出口はある」と信じて必死にやり繰りし、その日その日を戦い続けている。勝ち目はほぼゼロであることはわかり切っているのに……。

極寒の日から一か月後、私は親友の直美ちゃん（仮名・37歳）とファミレスで女子会を開いていた。直美ちゃんは明るく人懐っこい女の子だ。彼女と会っていると元気をもらえる。だからよくこうしてたわいもない話をしている。昨今の物価高・光熱費の高騰もあって、この日の女子会のメインテーマは、ズバリ節約術である。

直美ちゃんは、不動産関係会社の正社員で、事務職として勤めている。年収は344万円で、手取りは232万円。ちなみに令和3年の民間給与実態統計調査によると、平均給与は年443万円だ。女性の平均給与が年302万円だから、直美ちゃんの年収はやや高めだが、「平均」の給与所得者といえる。

しかしそんな「平均」的とされる事務職の直美ちゃんの生活は、率直にいって苦しい。都内のマンションに一人暮らし。女性が安心して暮らせる最低レベルのマンションの家賃6万6000円と電気・ガス・水道、通信費、保険などの固定費、プラス食費や雑費で、手元のお金はあっという間に消える。けれどもそんな自転車操業のような生活も、直美ちゃんには不思議と板についているようだ。

「ねぇ、このブラウス５００円で買ったんだよ。可愛くない？　すごいでしょ。中野の激安の服屋があるの、知ってる？」

「知ってる！　こんなの売ってるんだ。めちゃかわいいね」

直美ちゃんは身にまとっているシフォンのピンク色のブラウスを指さし、目を輝かせる。その中野の服屋は私も心当たりがあった。確かあの店はとにかく安値で服をたたき売りしていたっけ。ブラウスは一見５００円とは思えない代物で、掘り出し物だと思った。直美ちゃんの節約談義は止まらない。

「デパートの洋服売り場なんてさぁ、そもそも服を買う場所じゃないよね。あそこは下見に行く場所だよ。今こんなデザインが流行ってるんだなって。それをイメージしながら、似たものを激安の服屋で探すの」

直美ちゃんはきっぱりとそう断言する。キラキラしたデパートの洋服売り場は、あくまで観賞用なのである。もちろん、50％オフのセール品ですら高級品。だから彼女は激安の服屋でデパートの模倣品をせっせと買い、髪の手入れは１０００円カットで済ませ、化粧品は母親に貰うようにしている。呑兵衛の直美ちゃんは、宅呑み用でちょっとだけイイお酒を飲むのが、生きがいだ。だから、それ以外の支出を極限まで減らして「人間らしい生活」を維持している。

直美ちゃんの健気なまでの努力は、低成長時代を生き抜くため自然と身についた処世術なのである。彼女ほどに財布の紐が固くない私はその逞しさに、思わず感心してしまう。ドリンクバーを何往復もしながら、直美ちゃんは「節約の極意」を次々に私に伝授する。

「あと節約できるのは交通費だね。電車代を浮かすために一駅二駅なら全然歩くよね。いやいや、待てよ。2時間以内なら余裕で歩けるな。ひたすら歩きまくる。終電を逃しても、歩くよ。健康にも良いしね。もちろんタクシーとかは論外。絶対乗らない」

なるほど、と思う。たとえ数百円の電車代でも「塵も積もれば」なのである。私はまだまだ甘いようだ。それにしても、直美ちゃんと私は何かが決定的に違う気がする。それは彼女には突き抜け感があり、あっけらかんとしていて前向きだからだ。お金に関してつい愚痴っぽくなる私とは対照的なのだ。

彼女にとって人生はある意味、先が見える一方通行のようなものだからかもしれない。事務職なので、今後給料が大幅に上がる見込みもない。それなら支出を限界までそぎ落として、ストレスの少ない状態に変えようというわけだ。

しかし考えてみればフリーランスの私はともかく、直美ちゃんは「平均」的な日本の給与所得者である。そんな彼女がここまで倹約を強いられる社会って――。やっぱり日本はどこか底が抜けている気がする。

そう思ってニュースやシンクタンクなどの情報を調べてみると、やはり税や社会保険料の負担が重く伸し掛かっていることがわかった。先ごろ財務省は、2022年度の「国民負担率」が47・5%になる見込みだと発表した。国民の所得に占める税金や社会保険料などの負担の割合を示したものだが、たった10年、20年ほど前までは30%台で推移していたというから驚きだ。平成の30年の間に国民年金保険料は2倍になり、国民健康保険料も1・6倍に増えた。医療費は1割負担から3割負担になり、厚生年金の支給開始年齢も60歳から65歳に引き上げられた。ここ数年は「人生100年時代」という言葉をしきりと耳にするようになった。やっぱりこの世界は、豊かさを知らないまま死ぬまで働かされる悪趣味な罰ゲームなのかもしれない。

評論家の真鍋厚さんは、近年のこうした流れに鋭く切り込む論客である。今年2月に現代ビジネスに「『風呂ナシ物件が若者に人気』報道の先にある『恐ろしい地獄絵図』」という衝撃的なタイトルの記事を寄稿し、それが大きな注目を集めてTwitterにトレンド入りした。彼は、若者たちが現在の社会状況に対して異議を唱えず、進んで低成長時代に適応してやり過ごそうとしている動きを「社会課題の自己啓発的解決」と名づけ、警鐘を鳴らしている。メディアやマーケットなどがブームを作り出している側面があり、幅広い世代で同様の動きが広がっているという。真鍋さんは、憤る。

「私たちは誰もが自分を弱者とは思いたくない。だから、なんとかして灰色の現実をバラ色にコーティングしようとする。最近の自己啓発本は、とにかく支出を抑えて、節約することを推奨したものが多い。質素の再発見というか〝アップデートされた清貧〟とでもいうべき新しいライフスタイルを提案しています。そこに貯蓄と投資がセットになっている。

生活レベルを下げつつ金銭的な自己防衛に努め、日常の小さな幸せに目を向ける生存戦略です。要は、『自分が幸せに感じるなら、究極的にはお金持ちかどうかは関係ない。幸福度の高い者が人生の真の勝者』という発想の転換です。これなら低所得者でも成功のチャンスが開かれていると感じる。しかし、これは『社会が変わらなければ、自分が変われ』という自己啓発的な思考があるので危険なのです」

真鍋さんは、それは生活のサイズを小さくする適応行動として現れると指摘する。例えば家計が苦しいならボロアパートのような家賃の低い物件や、シェアハウスに移り住むというわけだ。その際、人間は必ずポジティブな面を見つけようとするらしい。例えば、「レトロな物件に一度住んでみたかった」「銭湯は地域の人と交流できる」「水回りの掃除が不要になった」など。

思わず、ハッとさせられる。そういえば私が書店で手に取ったオシャレな生き方本にも、「街を一つの部屋だと思えば、お風呂は銭湯、スーパーは冷蔵庫」といったことが書かれてあったっけ。そのときの私は一瞬、「そういう考え方もあるのか！」と妙に納得してしまった気がする。しかしそこには、落とし穴があった。私たちがそうやって、今の環境に適応すればするほど、経済的負担を国民に強いる社会そのものを放置しかねないからだ。

「生活防衛自体は否定しません。それが社会の問題を個人の問題にすり替えるように使われていることが見過ごせないのです。社会環境によって不自由になっている人々が、『人生は心の持ちよう』だと認知を変えると、当然ながらその社会環境はそのままになります。それどころかどんどん悪化していく。これは自分で自分の首を絞めることに等しい」

なるほど、と思う。しかしこういった「社会課題の自己啓発的解決」は残念ながら、すっかり社会に浸透していると感じる。私も含め、大なり小なり、多くの人たちが知らず知らずのうちに足を取られているだろう。その結果どうなるのか。これからの日本に待ち受けるのは、阿鼻叫喚の地獄絵図だという。

「なぜなら国民が、経済的な困窮を社会課題として認識しなくなるからです。そうなると、政府や政治家は無茶なことをやっても、結局国民は受け入れてくれる＝適応してくれると考えて、全てを自己責任でやってくれとなります。年金の支給開始年齢だって85歳になってもおかしくない。フランスだと支給開始年齢を62歳から64歳に引き上げる改革案を発表しただけで100万人規模のデモが起きましたが、日本だと粛々と受け入れるのではないでしょうか」

あとは自己責任で野となれ山となれというわけだ。考えてみると、私たちはまるで狭い檻に入れられた実験動物のマウスのようだ。少しずつ餌や水が減らされ、移動範囲が狭くなっていっても、マウスたちは与えられた条件の中で試行錯誤するだろう。それは、年金に留まらない。私が高い電気代に必死に適応しようとしたように、直美ちゃんがデパートの洋服を諦め500円のブラウスを手に取るように——。そう考えると、頭がくらくらした。

冬の寒さが一瞬だけ和らぎ、春のような陽気のある日曜日――。近所の公園を散歩しながら、私は行き交う人々をぼんやりと見ていた。カップルに、ファミリー、高校生たち。麗らかな日差しの下で、誰もが笑顔で楽しげに休日を謳歌しているようだ。しかしそんな風景が、今の私には少しうすら寒いものに思えてくる。

もしかしたら最も恐ろしい社会とは、自らが抱えている生きづらさすら、もはや自覚できなくなってしまうことなのではないか。私たちの生きているこの世界は、すでにＳＦのようなディストピアなのかもしれない。

第四章

生きづらさを越えて

喪失感が生む生きづらさ

11年間連れ添った犬が亡くなって半年が経つ。ふと朝、目が覚めると、まどろみの中で今もあの温かで少し骨ばったけむくじゃらに触れたい、いつものように抱きしめたい、と感じる。だけど、そこにはいない。あぁ、もう君はいないんだ――。その事実が私の心を、ひりつかせる。私は、ペットロスに陥っていた。

社会人になって飼い始めたのは、キャバリアキングチャールズスパニエルという耳の垂れた中型犬だ。鹿児島のブリーダーさんのところからやってきた。名前は、ルーと名づけた。

犬を飼っていると、生活が180度変わる。キャバリアは猟犬なので、ルーは運動能力が高く、有り余るほどのバイタリティの持ち主だった。だから夏は汗だくになりながら、雪の日も風の日も、早朝と夕方に一日二回、一時間ほどの散歩に行くようになった。

――ねぇ、散歩に行こうよ、行こうよ！

いつもの時間が来るとルーはソワソワし始めて落ち着きが無くなり、うるうるとした目で見つめてくる。仕方ないなと思いつつ、散歩の準備をする。

犬は驚くほど感情表現が豊かな生き物だとつくづく思う。毎日のことなのに、リードをちらりと見せるだけで、いつも尻尾を全力でフリフリして飛び上がって喜ぶ。尻尾が激しく動きすぎて、足にあたって痛い。「わかったから！　ちょっと待ってて」と、私は笑いながら半ば焦って支度をしなければいけなかった。

そんなルーにつられて玄関のドアを開け、アスファルトの道へ一緒に走り出す。リードの先から伝わるルーのわくわくに、私の気持ちも引っ張られるような気がする。犬の持つ躍動感とともに、デスクワークで凝り固まっていた体が、ほぐれていく。

——お外を走るのが楽しいの！　すっごくすっごく楽しい！

ルーに合わせて歩みを進めると、毎日違った風景が広がっている。真冬でも、頬を撫でる風が日によってひんやりとして、心地良い。ルーは草木の匂いをフンフン嗅いだり、排泄をするために、時折立ち止まった。そんなときは私も一緒に、ぼーっとする。気持ちが落ち込んでいても、空を見上げたり、水平線遠くの山々の稜線を見て弛緩した時間を過ごすと、少しだけホッとしたものだ。

気がつくと、緑地帯に植えられたアジサイが紫色に色づき始めている。あぁ、これから梅雨がやってくるんだ、と季節の変化を感じたりもした。春になり、たんぽぽのフワフワした種がルーの足元の毛にまとわりつくと、春の訪れを感じて嬉しくなった。

人生には、ときにはどうしようもなく苦しいことや辛いことがある。そんなとき一人でめそめそ泣いていると、ルーは「なんでそんな悲しい顔をしているの？」と無垢な瞳を向けて、首を傾げた。そして、全力で私の顔に溢れた涙をぺろぺろと舐めた。私の顔面はルーのよだれまみれになっていた。私はいつしか泣き笑いになり、ちぐはぐな自分がおかしくて、もう少し頑張ろうと思えるのだった。

パートナーとの緩衝材の役割を果たしていたのも、ルーだった。私たちの喧嘩がヒートアップすると、ルーは瞬時に察知して尻尾を下げ、切なげな表情になり、周りをウロウロし始めるのだ。そんなルーを見ていると、二人とも次第に心もとなくなってくる。最後には喧嘩が休戦状態で終わることもよくあった。

今考えると、何より、人との繋がりを自然な形で与えてくれたのもルーだったと思う。ルーが、人懐っこい性格だったことが大きい。

夕方の近所の公園には、いつもの「犬軍団」がいる。「犬軍団」とは、地域の犬愛好家たちの緩やかなコミュニティで、それをお隣に住むおばあさんが名づけた通称だ。

ルーは、散歩の途中に犬軍団と合流するのが大好きで、公園までの道をタタタタと走っていった。公園には、優しいおじさんがいて、みんなを撫でながら平等におやつをくれる。ささみやジャーキーなどその日によってメニューは違う。ルーは太りやすいこともあり、おやつをあげる習慣はなかったが、このときばかりは「まっいいか」とふっと気が抜けたものだ。

毎日そうやって犬たちを観察していると、犬の中にも序列があることがわかった。「犬軍団」のリーダーは、話好きのおばさんが飼っている柴犬のミルクちゃんだった。優しいトイプーのマナちゃん、ちょっと神経質なチワワのあんずちゃんという定番メンバーがいた。あと、おっとりしたラブラドールのボン太くん。犬同士が群れるので、そこで人間も挨拶をしたり、輪に加わったり加わらなかったりする。気分によっては、ただ通り過ぎるだけのときもある。この気ままさが良い。飼い主たちの犬談義には、老若男女は関係ない。メンバーも流動的だし、おばさんやサラリーマン、子ども連れの主婦など、多種多様だ。

犬と戯れ、飼い主たちと何気ない会話を交わしていると、時間はあっという間に過ぎ夕日が落ちている。私は、犬たちを囲んだこの夕焼けののどかな時間が何よりも好きだった。

いつまでも続くと思っていた、あの時間。だけど、永遠に続くものではないという事実を、私は見ないようにしていたのかもしれない。

思えば、一頭、また一頭と、姿を見なくなった犬たちがいることに私は気づいていた。ボスとして君臨していたミルクちゃんも、がんになって最期はカートの中で、みんなに看取られた。それは、犬だけじゃない。ときどき果物をおすそ分けしてもらっていた雅ちゃんの飼い主のおばさんも、その姿を見なくなった。近所の人によると、持病が急激に悪化して、先日亡くなったのだという。あんずちゃんの飼い主のおじいさんも介護施設に入ってしまった。命はプツリと糸のように途切れるときがくる。私はそれを薄々とわかっていた、はずだった。

ルーが不穏な咳をし始めたのは、４年ほど前のことだ。動物病院に連れていくと、増帽弁閉鎖不全症という心臓の病気だった。それでも、ルーは強かった。時たま咳が出ることはあったものの、持ち前の明るさは変わらず、病気が発覚してから4年間は散歩も行き、犬軍団にも会って何とか持ちこたえていた。

症状が一気に悪くなったのは、10歳を超えたあたりだった。呼吸が苦しくのたうち回る日が続いた。気がつくと、ルーの病状は一気に進行し、薬は4種類に増えた。その頃からルーは、あれだけ大好きだった散歩を渋るようになった。

しばらく経つと、ついに病院までの15分ほどの道のりですらも歩けなくなった。グイグイと引っ張っていたリードを使うことは無くなり、家で寝て過ごすようになった。それでも、気が向くとルーは自力で家のベランダに出て、気持ちよさそうに太陽の光を浴びた。私は、赤ちゃんに使うようなスリングや犬用のカートで動物病院までの道のりを歩いて行った。短かった動物病院までの道のりが、とてつもなく長く感じられた。それほどまでに、ルーの心臓は弱り切っていたのだ。

ルーはそれでも体力があるときは、カートから飛び出そうとした。僕は歩きたいの。目は、そう訴えていた。しかし体は追いつかず、時たま首だけをカートから出して、鼻先をクンクンと外の匂いを嗅いでいた。

そこから、一気に崖を転がり落ちるように容態は悪化していった。トイレで排泄ができなくなり、常時おむつをつけた。壮絶ともいえる介護が始まった。腹水が溜まり、体の筋肉や脂肪が衰え、骨が浮き出て、体はガリガリになった。獣医師によると、心臓病の末期の症状だという。この頃からもうダメかもしれない、と思い始めた。そしてついにご飯を食べなくなった。

八月の暑い日の夜、今でも忘れることはできない。コンビニにアイスを買いにいって家に帰ると、ルーは、すでに呼吸をしていなかった。体はまだ温かくて、さっきまで生きていたようだ。しかし目には光がなく、肉体はすでに抜け殻となっていて、そのちぐはぐさに、心がついていけなかった。ルーが死んじゃったどうしようどうしよう――。私はパニックになり、心がシャットダウンした。

へなへなと全身の力が抜け、世界が一瞬でグレーになる。全てがどうでもよく思えて、電源の切れたロボットのように崩れ落ちた。自分の片腕がもぎ取られているのにもかかわらず、その感覚すら失われているという感覚といえばいいのだろうか――。行き場のない感情が、槍のように私の体中を貫いた。

あの日から、自分の体が自分のものでないような感覚から、まだ完全に、抜け出せていない。

ルーが亡くなって気づいたのは、恐ろしいほど表情筋を動かさなくなったということだ。

「ねぇおいでおいで」「コラー！」「何やってるの」「かわいいね！」

ルーが日常生活に溶け込んでいたとき、目まぐるしい感情の変化に身を置き、輝きを帯びていた。しかしルーが亡くなってからは、そんな感情の揺れ動きがほとんど無くなった。それは、平坦な点線がツーーッと続いているような無音の世界なのだった。

ルーといるときは当たり前だった感情表現の機会が無くなったことで、自分の一部が欠落した感覚が拭えないのだ。

あれだけ面倒だと思っていた一日二回の散歩もなくなり、外へ出るのは、仕事や買い物など用事があるときだけになってしまう。さらに今の時代ネットスーパーやamazonがあるので、何日も部屋に籠城できる。

体は確かに動かした方がいいのだろうが、何よりも自分のために運動をするというのが馬鹿らしく感じる。

私は気づいていた。社会と私とを繋ぎとめてくれていた小さな一本の線が、ルーの死によって、ぶつりと途切れてしまったことを。

自己肯定感が低い私は、心の奥底で、私なんて、私の体なんてどうなったっていいと、ずっとそう思っていた。心に眠っていた弱くて脆い本当の「私」が、むき出しになったのだ。

友人が私にいったことは今も脳裏に焼きついて離れない。

「ねぇ、動物って、無償の愛をくれるでしょ。ほら、親みたいだよね。私は動物を自分の親だと思うようにしているんだ」

そうか、と思った。彼女は親から虐待された経験の持ち主で、私と同じく、愛犬を看取っている。きっと、私たちはどこか欠けていて、本当の意味では親の愛情を知らない。だけど動物は、いつだって無償の愛をくれる。動物は私たちに、欠落していた感情を教えてくれていたのかもしれない。言葉ではなく体全体で愛とは何かを教えてくれたのだ。

私が長年取材しているごみ屋敷の住人たちは、往々にしてペットの多頭飼いをしている。彼らはとても心がピュアで、人に傷つけられた過去を持っていたりする。だから無垢な動物に惹かれるのかもしれない。人間社会では満たされなかったり、裏切られ続けてきた寂しい心を動物が埋めてくれるのだ。彼らの気持ちが痛いほどによくわかる。私も同じ「傷」を持つ者だからだ。私にとって犬を失うのは、親を失ったのと同じなのだ。

孤独死の約8割は、セルフネグレクト（自己放任）に陥っていることを取材で知った。セルフネグレクトとは、別名、ゆるやかな自殺とも呼ばれる。何らかのきっかけで、家がごみ屋敷になったり、医療の拒否、極度な不摂生など、自分自身の心と体をじわじわと追い込んでいく行為のことを指す。

人が崩れる契機は、本当に人それぞれだ。ある人にとっては離婚だったり、またある人には失恋だったり、失業だったり、いじめだったりもする。セルフネグレクトは、配偶者や家族など愛する者を、何らかの形で亡くすなどの喪失体験によって、表出することも多い。そうやって、人は何らかの偶然で生きる目的を失い、社会から孤立し、孤独死してしまう。ある70代の男性は、妻亡き後にセルフネグレクトになり、最後は自宅で枯れるように亡くなっていた。死因は恐らく、餓死か、凍死――。そんな現場を私は、この目でいくつも見てきた。だけどそれは対岸の火事ではなくて、いつか自分の身にも起こりえることだと常に感じていた。

ルーの死によって、それが自分の身にまさしく降りかかっているのがわかった。しかしいざ自分の身に起きると、全く太刀打ちできなかった。沈没しかけた船が、自分では為すすべがなく、ただただ沈みゆくのを見つめている、そんな光景に近かったと思う。

現実問題、ルーが亡くなってから、私の生活はガラリと変わった。

数日間は食事が喉を通らなくて、激痩せした。しかしその後は、反転して体重が増えてブクブク太り、明らかに不健康まっしぐらになった。料理を作ることさえ億劫になり、コンビニで買い込んだポテトチップスやチョコレートを手持無沙汰にダラダラと口に運ぶことが多くなったのだ。そのうちいつしか体重計を見るのも苦痛になった。しまいにはもう古いからという理由にかこつけて、思い切って捨ててしまった。いつものジーパンが入らなくなったので、ウエストゴムのスウェットパンツばかり穿いている。そしてついに先日ワンサイズ上のスウェットを買い足した。

毎日人と話すことがなくなったため、化粧をすることもなくなった。

昼まで寝ていることも増え、早朝にゴミを出すのも億劫になり、家の中にごみが溜まっていく。頭の中では、しっかりしなければとわかってはいても、体が追いつかないのだ。仕事だけは何とか最低限こなしていたものの、それ以外の時間は、無気力状態となり、ベッドで寝て過ごした。

こんなにも人はあっけなく崩れるのか、と自分でも驚いてしまうが、人の心は脆いものだ。

友達はそんな私を見かねて、気分転換のためにジムに行くことをしきりに勧めてくる。でも、相変わらず運動する気なんて、どうしても起こらない。なんとか気力を振り絞って、ジムに見学へ行ったこともあるが、ガラス越しに黙々とランニングマシンで汗を流している人たちの姿を見ていると、無性に憂鬱になった。ハイテンションな曲でダンスをしている集団を見ると、吐き気がした。昔からスポーツは嫌いだったし、体を動かすのもおっくうだ。

ルーのいない、くすんだこの世界から、何とか抜け出すことができるのだろうか。そもそも抜け出す意味はあるのだろうか。本気でそう自問自答する日々が続いた。なんで、私だけがこんなつらい思いをしなくてはならないのか。仕事も家事も全てを投げ出して消えてしまいたい、死にたい。そう思っていた。

ルーはもちろん、可愛い犬だった。かけがえのない存在だった。たくさんの愛をくれた。でも、きっとそれだけではなかった。私は、その先にあるものにきっと助けられていたのだ。ルーが広げてくれた見えない幾重にも広がる輪のようなもの。それは、自分の輪郭が限りなく広がって、世界に繋がるという感覚だったのかもしれない。その回路が突然シャットダウンしたことによる喪失感で、私は心の底から打ちのめされている。

セルフネグレクトとは、そういう社会と人とをつなぐ回路がふとした拍子で切れることで、起こるのだ。

そんなことにはたと、気がついた。ベッドに横たわり、まどろみの中でいつも思い出すのは、ルーと一緒に歩いた、夕暮れののどかな時間だ。リードと共に心が引っ張られ、体を突き動かすような喜びがあり、その先には、ルーを中心として放射状に広がる犬軍団との交流があり、誰かと共に季節を感じる豊かさがあった。私は、それをルーの死とともにぷつりと切断され、失ってしまったのだ。だから、私自身も消えたような気がして、真っ暗な世界に突き落とされた感覚に陥っているのだ。

ルーはいつも、外へ行こうよ、と私を世界へと連れ出してくれた。しかし、今、私は行く場所がない。残ったのはあのときよりも重くなったこの中年の体だ。毎日、寝て、排泄をして、仕事に追われ、ダラダラとせんべいを齧りながら、かろうじて呼吸している。心を締めつけるような辛さを感じながらも、空っぽの入れ物となったこの肉体は、ここにある。だけどそれは、生きながらにして死んでいるに等しい。苦しくて、辛い、しんどい。ただただ早く時間が過ぎ去ってくれ、と願う。自分で自分を捨て去りたい――。

まさにこれがセルフネグレクト、緩慢な自殺、そのものなのか。私は、取材で出会った多くの孤独死者やごみ屋敷の住人たちに思いを馳せた。彼らも、きっとこんな気持ちだったのかもしれない、と。それは、どん底という言葉に他ならなかった。

そんな私の生活に良い変化が訪れたのは、ひょんなことからだった。

近所の小さな花屋。私はそこで、花束を見つけた。青色のスイートピーに、紫色のボタン花がアレンジされたワンコインの花束。誰かにあげるような華々しいものではなく、窓辺に飾るようなものだった。ルーが生きていたときは、日々の介護で目まぐるしいほどに忙しくて、花を飾る余裕なんてなかった。小さな花瓶を見つけて、テーブルに飾った。部屋が少し生き返ったような気がする。どんなに生活が荒れても、私が私でいるために、小さな花を飾ることを、絶やさないようにしようと心に決めた。花を見ていると、どんな慰めの言葉より少しだけ心が救われる。きっとこれは、私と社会とを繋ぐギリギリの生命線だ。

花を飾るようになってから少しして、私はふと近所を散歩をしてみようと思い立った。

夕刻の、ルーといつも散歩していた時間。ふらふらと外に出る。目を落とすと、見知らぬトイプーと若い女性が軽快にアスファルトを歩いているのが目に入った。犬と飼い主は歩幅があっており、どちらも満面の笑みを浮かべている。私はあのときをふと、思い出す。

あれは、じめじめとした季節が訪れる梅雨の前の5月だったか。坂道を少し歩くと、つんと鼻を突くような臭いが辺りを支配していた。きっと栗の花の匂いだったのだろう。その先には、あの犬軍団が待っている。もうそこにはない、焦がれるほどに欲しいあの時間。オレンジと赤が混じり合った夕日に照らされて、ふわふわとした、毛だまの感触が蘇る。時間は飛んで、玄関先で尻尾をブンブンを振って出迎えてくれる「ルー」の姿が浮かぶ。私は、あの時間を必死に手繰り寄せようとする。そこに行きたいと手を伸ばす――。

道を歩きながら、ふとあの温かい時間の記憶を、何度も何度も、反芻していた。ルーはこの世界にいないが、あの道を辿ると、ルーと共に過ごした優しい時間のさざ波が、この体と心に押し寄せることに気がついた。足を一歩踏み出す度にその記憶が蘇り、暖かいものに包まれている感覚がする。それは確かに愛をくれた者の記憶であり、あのとき感じていた優しい世界の手触りだ。ルーがいなくなってから世界と切り離されたと感じていたが、そうではなかった。ルーから広がった世界は、今も確かに私と社会を繋いでいるのかもしれない。

そうか。みんなみんな、永遠じゃない。時間も空間もずっとここにあるものじゃない。季節や風景が知らず知らずのうちに一日一日変化するように、私たちの命という営みも確かに移り変わっていく。私も、きっとその循環の中にいる。命は有限で、だからこそ愛おしい。

ルーを失うことは死ぬほど辛かったが、ルーと出会わない人生も、また色彩がないものだったのではないか。私はそう、考え始めていた。

その瞬間だ。前を向いてもいいかなと思えたのは――。私の中で、何かが変わった。大丈夫、生きていよう、と感じた。そのときから私は、セルフネグレクトという沈んだ孤独の中から一歩また一歩と、踏み出せた気がする。私を救ってくれたのは、まさに世界と繋がっているという実感だった。現に、セルフネグレクトの起こる物件には、部屋中に目張りがあったり、草が腰のあたりまでボーボーに生えていたり、社会との関わりを閉ざしていたと感じるものが多い。セルフネグレクトからの回復に、この「実感」が大きく関わっていることを、私は身をもって体験した。

きっと人は大なり小なり、生きるための何かが切実に必要なのだ。それは時に誰か大切な人であったり、目の前の無償の愛をくれる小さな生き物であったりするだろう。しかし、命は有限だ。例えば配偶者の死は大きな喪失体験として知られるが、生きていればいつか、夫婦どちらかが先に亡くなるのは避けられない。

たとえ愛おしい誰かの命は消えても、誰かがもたらしてくれた愛の記憶や、そこから広がった世界は今も目に見えない形で人々を包んでいる実感が得られる人は、前を向けるのかもしれない。少なくとも、私はそんな気づきの中で、緩慢な自殺から少しずつ再生していった気がする。しかしそれは、ほんの偶然によるものだとも思う。だから、セルフネグレクトは誰にでも起こりえる。

あれから時は経ったが、私は時折、ルーがいない寂しさに心が沈むときもある。だけど今は、そんなとき「ありがとう」と思える。必要とされることの喜びや、生きる価値を与えてくれてありがとう。自分を大事にすることを教えてくれてありがとう。何よりも、人と、社会との繋がりのかけがえのなさを教えてくれて、ありがとう。

君はこの世界には、もういない――。だけど、君と歩いた道のりは、あのときの感情は、ずっと私の中にある。季節が回ると君を思い出す。だから、私はこれから何とか、立っていこうと思うよ。

ＳＮＳ依存から抜け出す

朝、目覚めてすぐ、枕元に無造作に置いてあるスマホの電源を入れる。布団にくるまったまま寝ぼけ眼でダラダラとＳＮＳの画面をスクロールし続ける。インスタやTwitterを巡回し、自分が昨晩投稿したFacebookの記事についた「いいね」の数をチェックする。時間があればニュースフィードに現れたニュースサイトへと飛ぶこともある。記事についた数百、ときには数千ものコメントをながし見していると、30分、一時間がゆうに過ぎている。

一人で昼食を摂るときにも、ＳＮＳが手放せなかった。箸を右手、スマホを左手に持ちながら、Twitterの画面を親指で動かし、「ながら食べ」をするのだ。仕事の合間にも、わずかな時間があると今度はパソコンからＳＮＳにアクセスし、見ふけってしまう。

夜寝る前の時間なんて、無限にＳＮＳに費やせる贅沢な時間だ。ベッドに寝ころび仰向けでスマホを片手に握りしめ、青白くチカチカ光る文字に目を走らせる。そのうちうつらうつらしてきて、寝落ちしそうになる。その瞬間、スマホが私の手から滑り落ち、鉄の塊が顔面を直撃して飛び起きる。スマホが鼻を直撃すると、じんとした痛みが襲ってきて地味に痛い。そうやって、時たま一人でギャッと叫び声を上げることも、私にとってはお決まりの日常だった。

こうして書き出してみると、私の世界は知らず知らずのうちに、SNSを中心に回っていたのだと、実感させられる。

そこまで人を惹きつけてやまない、SNSの魅力とはなんだろう。

キラキラと輝きを放つ有名インフルエンサーの日常を垣間見れる悦びだろうか。はたまた140文字の世界で勃発している小競り合いや炎上というネガティブな要素も、目が離せないスパイスとして、実は重要な要素かもしれない。数百人まで膨れ上がった、会ったことのないフェイスブック上の「お友達」の動向も気になるし、刻一刻と移り変わる、Twitterのトレンドも追っていたい。そして、何よりも自分の投稿についた「いいね」の数によって満たされる承認欲求もある。挙げはじめればキリがない。

そんな「魔性」を秘めたSNSの世界は、私にとって全てだった。どっぷりSNS漬けの生活で、誰かと食事しているときもSNSから離れられず、最低でも一時間ごとに画面を見ずにはいられなかった。

しかし、それは私に限ったことなのだろうか。定食屋でちらりと横目で人々を見ると、一人で食事を楽しむサラリーマンや会社員の女性たちも、みんなスマホの画面をスクロールしているようだ。ときにはクスリと笑ったりときにはしかめっ面で画面に向き合ったりもしている。

ＳＮＳはもはや現代社会になくてはならないインフラとなり、個人差はあれど大なり小なり、人々の生活に浸透したのだろう。

例えばインスタにハマっている私の友人は、レストランで美味しそうな食事やスイーツがテーブルに届くと左右、真上、そして斜めからと、何度も角度を変えて必死に写真を撮り続ける。もちろんそれはいわゆる、「インスタ映え」のためだ。

届いたばかりのアツアツのハンバーグが少々冷めても、パフェのアイスが溶けかかっても私も撮影に協力するのが当たり前で、仕方ないという諦めがある。だけど私はその瞬間、ふと「寂しさ」のような複雑な感情がよぎることに気づいていた。それは、私たちの営みの一瞬がまるで「宙づり」にされたかのようなちょっとした違和感だ。

それでも、友人は納得がいく写真を撮り終えると、何事もなかったかのように再び私の話に真剣に耳を澄ませてくれるので、見て見ぬふりをする。

しかしわが身を振り返ってみると、実は私こそが誰よりもＳＮＳ上の「自己演出」の奴隷になっていたかもしれない。自分が執筆した記事の紹介はもちろんのこと、レストランでの食事、遊びに行った観光地、そして取材やインタビューで著名人と会えばその写真をすかさずＳＮＳにアップした。そして記事についた「いいね」の数に、一喜一憂していた。

ＳＮＳには、これまで出会うことがなかった世界中の人と繋がれるという大きなメリットがある。私自身も多くの人と知り合うことができた。それはかけがえのない財産だ。

その反面、ＳＮＳ上では常に何かの事件が勃発、炎上し人々がいい争っている。それでも私たちはＳＮＳがあって当たり前の社会を生きているのだから、そんなものだ、そう思っていた。

そう、これまでは――。

ある日、私は心がとてつもなく疲れていることに気がついた。なぜこんなにも気分がふさぎ込んでいてしんどいのか。今考えると、それにはＳＮＳが影響していることは明らかだった。

「いいね」の数が少ないと、自分自身が否定された気になる。だから次に投稿する記事では、それを取り戻そうと躍起になってしまう。肥大化したＳＮＳ上の自己演出、化粧アプリで加工したもはや自分とはいえない虚像の私……それを日々更新し続けなければいけないという強迫観念にいつしか追い詰められていた。

さらにこの数年間、ＳＮＳ上で自分の尊敬する人が罵倒されたり、ときには傷つけられたりするさまをつぶさに見てきた。リアルで仲の良い友人たちがＳＮＳでは人格が変わったかのように凄まじい罵詈雑言を飛ばしている姿も度々目撃している。それらは、とてもこたえる体験だった。そんな複合的な要因によって蓄積したいわゆるＳＮＳ疲れが、ボディブローのようにじわじわと私を蝕んでいたのだ。

食事が喉を通らなくなり、無気力になったのは、数か月前だ。同居するパートナーにしばらくＳＮＳをやめた方がいいと忠告された。食事中もスマホを手放さない私を、ずっといぶかしく思っていたそうだ。矛盾しているようだが自分の苦しみの原因がＳＮＳにあると内心ではわかっていても、画面を見続けるという行為はやめられなかった。

そんなとき、ある本と出会った。

ジャロン・ラニアー氏の『今すぐソーシャルメディアのアカウントを削除すべき10の理由』である。ラニアー氏は、世界的に有名なコンピューター科学者であり、バーチャルリアリティという言葉を作った〝仮想現実(VR)の大家〟だ。そんな華々しい経歴だけを見ると、むしろガジェットを推奨していそうにも思えるのだが、近年急速に発展しているソーシャルメディアについて警鐘を鳴らしている。

本書では様々な巨大テック企業がいかにして、アルゴリズムによって世界中の人々をSNSに依存させる仕組みを作り上げたかが綴られている。そしてSNSがいかにして人々を荒廃させ、政治を歪め、社会をズタズタに破壊するかということも——。著者によると、FacebookなどSNS開発の元関係者や経営者たちが、自分たちが作り出したSNSの危険性を認識し、次々と反省の弁を述べているのである。

ラニアー氏は「ソーシャルメディアを使っているとき、あなたは報酬と電気ショックの両方を受け取っているようなものだ。ソーシャルメディアの利用者のほとんどは、なりすましや理由のわからない拒絶、無視、誹謗中傷のどれかまたはすべて、あるいはもっとひどい経験をしたことがある。アメとムチが揃ってこそ効果を生むように、不愉快なフィードバックも、人を喜ばせるフィードバックと同じぐらい、誰かを依存させ、その行動を操るために有効なのだ」

と訴える。

なぜＳＮＳを見ていると、人々はこんなにも苦しくなるのか。それなのにやめることができなくなるのか。一時たりとも心が休まらず、常に不安でザワザワし追い立てられてしまうのか。その依存に至る詳細なメカニズムは本書に譲るが、内容は圧巻で、私自身の苦しみを解き明かしてくれたかのようだった。

私はＳＮＳ依存の典型だったと思う。考えてみれば私は文字を紡ぐ職業であるのにもかかわらず、ＳＮＳを見るようになってから仕事の資料以外の本を読むこともガクンと減っていた。ラニアー氏が提示する結論は、極めて明快だ。タイトルにもある通り、「私たちは、今すぐＳＮＳと距離を取るべきだ」

しかしそうはいわれても、その決断にとてつもない勇気がいるのは、いわずもがなだ。そもそも私だけでなく世界中の多くの人にとって、もはやＳＮＳは公共インフラと化している。だからこそ頭ではいかに依存性や害があるとわかっても、いざ自分がやめるのかと思うと、身がすくんでしまう。ＳＮＳ中毒の私も例外ではなかった。

色々な本やネットの記事を読み漁っているうちに、ＳＮＳデトックスや情報断食という言葉に触れた。実際にＳＮＳ断ちした人のブログや本には、人生が好転したことが書かれていた。私もやめられるかもしれない、と少しずつ考え方が変化していく。

数日間悩んだ末、結局私はいくつかのＳＮＳを「退会」したり、「休止」したりした。そしてもはやルーティンと化していたニュースフィードの通知もオフにした。なるべく自分をネガティブな感情にさせるような情報からは遠ざかりたいと思ったからだ。

あれほどまでにＳＮＳをやめることに悩んでいたのに、「退会」は一瞬だった。そして、ＳＮＳを始めて以降増殖し続けていたFacebookの数百人の「友人」もあっけなく消えた。彼らが本当に友人だったのかすら、もはやわからない。とにかく私の人間関係は一気にＬＩＮＥやメール、電話で繋がっている数十人というミニマムなものになった。

いざＳＮＳをやめて、私の心と体に何が起こったか。

端的にいうと、最初の数日間はまるで地獄だった。手持無沙汰になり、常にイライラした感情に襲われ、ソワソワして落ち着かなくなった。

その次にやってきたのは、いいようもない不安だった。世界と切り離されている感じがした気分が激しく落ち込み、一日中布団の中から出られない日もあった。イライラと不安という感情を、まるでジェットコースターのようにいったりきたりする日々なのだ。

ＳＮＳ断ちの禁断症状なのか、ついついいつもの癖でスマホに手が行ってしまう。ＳＮＳがないとにかく、何をやっていいのかわからなくなるのだ。そのため、当初は無人島に取り残された人のように一日が長く感じられた。

しかしＳＮＳを死肉のように求めてさまようゾンビのような日々も、長くは続かなかった。思いのほか早く、そして劇的に私の心と体が回復したからだ。それまでＳＮＳは自分の分身のような存在で、だからこそＳＮＳのない生活は自分が消えてしまうことを意味しているような気がした。しかしいざやめると、私は当然ながらＳＮＳがなくても息をしているし、スマホをながら見していたときよりも食事は数倍美味しく感じられている。

そして、一番恐れていた人間関係を失うということもなかった。リアルな友人や仕事関係者とは、メールやＬＩＮＥなどでやり取りしているから困らない。やり取りを再開し、むしろ関係が密になった友人もいる。

ＳＮＳ断ちをした生活で一番感じたのは、私たちは思いのほかＳＮＳに縛られているという事実だ。時間がすっぽり空いたことで、私は今までこれだけの時間をＳＮＳに費やしていたのかと、呆然としてしまった。

空いた時間は読書に充てることにした。読みたかったが、これまでずっと放置していた本をむさぼるように読んだ。部屋の片隅で埃をかぶっていた本たちに、ようやく手を伸ばせるようになったのだ。また、家でゆっくり映画を見るようにもなり、天気が良い日は散歩に繰り出し、季節の移り変わりを感じた。

不思議なことにそんな日常を取り戻すと、次第に心に余裕が生まれてくるのがわかった。何かに追い立てられるような感覚がはたと消え失せたのである。これまでは仕事中でもＳＮＳが気になって気が散っていたが、それもなくなり集中力が持続するようになった。

そしてＳＮＳ上の数百人よりも、自分が本当に会いたい人に連絡を取り、直接会いに行って話をしたいと思えるようになった。そうやって私は、私自身を少しずつ取り戻していった。

回復を感じると共に、なぜ私はそもそもSNSが辛かったのか、辛いと感じてもやめられなかったのか、そんな疑問が沸々と湧き上がってきた。

理由の一つとして挙げられるのは「人からこう見られたい」というSNS人格を、私自身が懸命に作り出そうとしていたことだ。友人が「オシャレなカフェでお茶する私」をインスタで演出しようと写真を撮るように、私も表現者として「こう見られたい私」を日々懸命に装飾していた。だけどそこに映る自分はやはり虚像でしかない。

私がそこまでネット上の自己演出に躍起になってしまった理由にも、元来の自己肯定感の低さが関係している気がする。親からまともに愛情を受けてこなかった反動もあるのか、誰かに認められていないと落ち着かないのだ。そんな私にとって、SNSで得られる「いいね」は、一時的に自分が肯定されたような錯覚をもたらし、ズブズブとハマってしまったのだと思う。人は心の空白を感じると、それを埋めようと躍起になる。私にとってSNS上の「他者」は、それを満たすのに格好のお手軽な対象だった。

しかし、その「承認」には落とし穴がある。人々の関心はコロコロ変わるし、何よりも気まぐれだ。だから私はいつもどこか満たされず、「承認」の飢餓状態に陥っていた。

SNSをやめてから、ようやく当時の精神状態を冷静に捉えることができるようになった気がする。そして自分自身が抱える弱さや脆さと対峙するにはどうしたらいいのかと、真剣に考え始めた。それは、まさしく自分自身との対話であった。

私が自分に出した結論——、それは、「他者の承認を求めようとする私」を、私から自由にしてあげることだった。自分を長年苦しめてきた「誰かに認めて欲しい私」を手放してあげたいと思った。あなたは誰かに承認されなくてもきっと大丈夫、と語りかけてあげたい。自ら作り上げた小さな鳥籠から出して、羽ばたかせてあげたい。

「承認」を求めて、あてもなく彷徨う私を解放してあげたい。もういいよ、無理しなくてもいいよ、と。そんな気づきこそが、ＳＮＳを巡って七転八倒した私が得たことなのかもしれない。

雲が掛かっていた視界はクリアになって、空気も澄みきっている。私は40代にして、初めて人生のスタート地点に立ったような晴れやかな気持ちになっていた。そして自分のペースでゆっくりと、これからの人生を走り出そうと決意を新たにしたのだった。

溢れるモノを「捨て活」

ＳＮＳデトックスの後、なぜだか家中に溢れるモノたちが目についた。使い切れずに化粧ケースに眠っていた大量のコスメ、クローゼットを支配する何年も袖を通していない洋服たち、シンク下の奥底にしまってある大量のお菓子作りグッズ、数百円の安物のピアスにネックレスに指輪、小さな部屋をやたら占拠する大型テレビ、数回使っただけのふくらはぎマッサージ機ｅｔｃ……。

昔から整理整頓が大の苦手だった。小学生の頃は机の引き出しが汚すぎて、教師からよく小言をいわれていたし、今もモノの所有が多い方だと思う。買ったはいいが、メンテナンスしたり、管理するのが苦手なのだ。

だからといって、せっかく買ったモノを捨てるのも、後ろ髪を引かれる思いがする。何よりも、「いつか使うかもしれない」という甘い囁きは強力だ。結局その「いつか」は来ないことを、薄々わかってはいるのだけれど。

とにもかくにも、私の部屋にはモノが溢れていた。

しかしSNSをやめて「こうなりたい」と思っていた自分から一歩自由になると、肩の力がフッと抜けた。そして、唐突に私を形作っていたモノたちがくすんで見え始めた。急に大量のモノたちに囲まれた部屋に、妙な居心地の悪さを感じるようになったのだ。

モノを所有しているのは一見、私自身に見える。しかしもしかしたら、こうやって部屋に溢れるモノたちに、私自身が縛りつけられているのではないか――、そんな思いに駆られた。まるで見ていた世界が反転するような不思議な感覚だった。

ミニマリズムという言葉がある。ミニマリズムを世界に広めたジョシュア・フィールズ・ミルバーンとライアン・ニコデマスは、数々の著作を持つ有名ミニマリストだ。

彼らは、『minimalism　30歳からはじめるミニマル・ライフ』で、「ミニマリズムとは、幸せと満足感と自由を見つけ出す目的で、人生において本当に大切なものだけにフォーカスするために、不必要な過剰物を取り除くためのツールである」と書いている。そして、それを実践しているのがミニマリストというわけだ。

私はこのミニマリズムの考え方に共鳴した。よく考えたら家にあるモノたちもSNSでの人格と同じで、私が「こうありたい」と願って買った。しかし見渡してみると、そのほとんどが、使い切れずに用を成していない。それなのになぜか、私は手放すことができなかった。そうして、まるで臭いものに蓋をするように、どれも収納の奥にギチギチに押し込まれている。

自分が時間を掛けて溜め込んだ大量のモノを前に私は立ちすくみ、そして、たじろいだ。どうにかしなければ。

そこで、お片付け本やミニマリズムの本やブログやネット記事をむさぼるように読んだ。それによるとコロナ禍で人々の在宅時間が長くなったことで、巷ではお片付けがブームだという。いわれてみれば私の住んでいる地域でも、粗大ごみの回収予約ができるのは数か月先だ。コロナ禍は、多くの人たちがモノと向き合う機会を必然的に作り出したのかしれない。調べていくと、「婚活」や「終活」ならぬ、「捨て活」なんて言葉があるらしいこともわかった。

具体的な片付け方法として、多くのプロたちがお勧めしているのは「全部出し」という手法だ。洋服なら洋服、文具なら文具という、あるカテゴリーの品を一か所に全部出してみて、その中から今の自分に本当に必要なものだけを選んでいく。

正直な話、私はこの「全部出し」が無性に怖かった。いざモノと向き合おうと決めたのはいいが、まるで自分が内臓まで丸裸にされてしまうかのように感じるからだ。誰かに見られるわけでもないのに、心がざわざわして、思わず後ずさりしたくなる。しかし、丸裸にされるのも、するのも私なのだ。そして、何よりもそのモノを溜め込んでいたのももちろん、自分自身——。私は、きっと私と向き合うことを、恐れていたのだと思う。

そんな億劫な気持ちに支配されながらも、恐る恐る「全部出し」に挑むことにした。

まず手をつけたのは、洋服だった。クローゼットから服や下着がパンパンになって、いつも不格好にはみ出していたのが長年気になっていた。衣装ケースを次から次に開け、フローリングの床に積んでいく。こんもりと洋服の山が築かれていく様は、あれだけの狭いスペースによくこれだけのものが入っていたなと思わず感心してしまうほどだった。こうして全部出ししてみると、実際に日常的に使用しているのは、取り出しやすいところにある手前の数枚だけだったことにはたと気づかされる。

奥に眠っていたのは、一時の感情だけで衝動買いした洋服たちだ。それらの服を見ると途端に、憂鬱な気分に支配されるのがわかった。ズキズキとした心の痛みがまるで昨日のことのようにフラッシュバックする。あのときなぜこの服を買ってしまったのか、そしてなぜ着なくなったのかという「服」を巡る苦い思いが蘇ってくるのだ。

フリフリの裾を持つ花柄のとろみ系ワンピースは、デパートのキラキラのライトに照らされてびっくりするほどキレイに見えた。しかし、それは手足が細い華奢なマネキンが着ていたからだ。いざ家に帰って着てみると、背が高く肩幅のあるがっちり体型の私には、絶望的なほどに似合わなかった。

だから私はその洋服を一度も人前で着ることもなく、箪笥の奥に「封印」したのだ。洋服は不幸なことに、一度も日の目を見ずギューギューに押し込まれていた。チクリと心を突き刺すような小さな悲しみと共に――。思えば、クローゼットの奥にはそんな「痛みの記憶」の詰まった無数の服たちが沈澱しているのだった。

そんな膨大な服たちを巡る感情に支配され、私は思わず体の動きを止めてしまう。

そうか、と思う。私が何よりも怖かったのは、服を捨てることそのものではない。あのときの傷が再び疼くことだったのだ、と。きっと私はクローゼットの奥に潜む、ドロドロとしたその感情に気づいていた。だから、クローゼットを開くことが億劫だった。見たくなかった。私は今どうしたらいいかわからずに、フリーズしてしまっているのだ。

だけど、もう、前に進んでもいいかもしれない。今の私ならあのときの私を、何とか受け止められる気がする。

あなたはあのとき傷ついていたんだね――。私は、洋服の手触りを一枚一枚確かめながら、昔の私に語りかける。そうして、私の人生で残念ながら役目を果たせなかった大量の服たちに、勇気を出してさよならをいうことにした。それはたんに服を処分するということではなく、コンプレックスだらけで苦しかったかつての私と対峙することでもあった。

着ていない洋服をゴミ袋に詰め込むと、クローゼットの引き出しがスルリと開くようになり、服の出し入れがしやすくなった。服の総量が減ったことで、何があるか一目でわかるので、取り出しやすくなったのだ。そして、何よりも心と体がふわりと軽くなった気がした。

モノと向き合うとは、自分自身と正面から向き合うこと――。だから、とてつもなく痛いし、苦しい。モノには瞬間瞬間の自分の感情が宿っているから、処分することは引き裂かれるような痛みを引き受けることだったりもする。

しかしそれでも、私はそこにかすかながら一条の光を見ている。きっとこの苦しみの先には、何かが待っているはずだ。今はまだわからないけれど、そんな確信があった。

私は洋服を皮切りに、数か月を掛けて部屋中のありとあらゆるモノと向き合うことにした。不思議なことに一度「捨て活」にエンジンがかかると、熱に浮かされたかのように火がついた。キッチンの引き出しに溢れかえっていたのは、お菓子やパン作りグッズだ。今は使わなくなったクッキー型や、パウンドケーキの金型、パンこね機や面台、ケーキカップなどなど、出てくる、出てくる。ため息をつきながらそれらを全て収納から出し、一つ一つを手に取ってみた。

よくよく考えてみると、私は昔から料理が苦手だった。そして、それが長年のコンプレックスでもあった。そんな私が突然お菓子作りに目覚めたのは数年前だっただろうか。いや、正確には目覚めたというよりも、「強迫的な何か」に駆られていたといっていい。昔読んだ少女漫画の主人公はサッカー部のマネージャーで、男子たちに手作りのお菓子をよく振舞っていた。私が憧れていたのはあの子のような、さり気なく手作りのクッキーやパウンドケーキを差し入れできる誰にでも愛される「女の子」だ。私は、そんな「女の子」になってみたくて、大量のお菓子作りグッズを買い漁ったのだ。

今も料理が苦手なのは変わらない。しかしそのときは取り憑かれたかのように休日になるとレシピサイトを見てクッキーを焼き、パンを作った。しかし、それが楽しいと思えた記憶は実は一度もない。それよりも自分のコンプレックスを埋めたくて必死だった。

結果、どうなったか。

私は料理を「頑張りすぎた」挙句、燃え尽きた。ある日を境に嵐が過ぎ去ったかのように、調理グッズに見向きもしなくなったのだ。それらは、必然的にキッチンの一番下の引き出しに追いやられ、使うことはなかった。

キッチンの下段には、長年見て見ぬふりをしてきた苦い思いが詰まっている。もうそんな自分を受け入れてもいいかもしれない。私は、私の中の苦しがっていた「女の子」を手放したい。今後、お菓子作りをするのは心の底から自分が楽しいと思えるときにしよう。そのときが来たら、また新たに買い直せばいい――。

そうして何年も眠っていた調理グッズたちに、私は別れを告げることにした。

モノと向き合ううちに気づいたことがある。モノは私のコンプレックスの象徴で、それを買い漁ったり、収集することで心の満たされない部分を埋めようとし、しがみつこうとしていたのだ。それは、仕事関係のモノにも如実に現れていた。

仕事場のデスクの引き出しに眠っていたのは、千枚以上の名刺が入った名刺ホルダーだ。仕事で自己実現しなければという強い「呪い」にも支配されていた私は、人との出会いを無為に繰り返していた。かつての私は、異業種交流会や朝活、呑み会などの場に積極的に参加することを日課としていた。誰かに呼ばれたら、とりあえず顔を出す。それが当たり前だと思っていたのだ。二時間余りの呑み会で、名前も覚えきれないほどの人たちと名刺交換をすることもあった。一気に膨れ上がった名刺入れを見ていると、たくさんの人たちが私を認めてくれたかのような錯覚に陥って、どこかホッとしたのを今でも覚えている。

増え続ける名刺を収納できる名刺ホルダーが必要になり、何冊も買い求めた。当然ながら、そこに収納された何百人もの相手と頻繁に連絡を取り合うことはない。それどころか名刺ホルダーは埃をかぶり、ここ数年開いた記憶さえなかった。

それは生きづらさを抱えながら、無理をしてがむしゃらに人脈を広げ、つなぎとめようとした跡でもあった。しかし本当の私は、膨れ上がった人間関係に振り回された挙句、ストレスで疲弊し、ときには虚しささえも感じていた。私の中の私に問いかけてみる。「あなたは今、誰と一緒にいることが本当に幸せなの？」

名刺ホルダー数冊を手にしながら、「もう無理しなくていい」と感じている自分に気がついた。私の偽らざる本心――、それは自分の理解者である少数の人たちに囲まれて生きていきたいということだ。心の中では、自分が大好きな人たちだけと残りの人生を共にしたいと思っている。それが、私にとって本当の意味での幸せなのだった。

私は丸一日かけて大量の名刺を全て破り捨てた。最終的には名刺を収納していた名刺ホルダーそのものも捨ててしまった。それは膨大な数の人間関係の中で、いつしか溺れかけていた自分自身を手放すことでもあった。

私はそうやって来る日も来る日もモノと向き合っていった。数か月経った今も、モノとの関係の試行錯誤は続いている。これは人が生きている限り、一生終わらない営みなのだろう。たとえペン一本でも、それを手にしたときに感じた嬉しさや苦しみ、悲しみなどの逡巡が詰まっている。モノと向き合い、そしてその中から今の自分を幸せにするモノだけを選んでいく——私にとってがむしゃらにモノと向き合ったこの数か月は、数年にも匹敵する濃密さだった。モノと自分との関係を改めて見つめ直す旅はすなわち、自分自身の深層を辿る旅だったからだと思う。旅の途中には、天国と地獄を行き来するような感情のジェットコースターが待っていた。

しかし、その先には自分の弱さや脆さを認め、コンプレックスを手放す歓びがあったと思う。それこそが、私が見た「光」の正体だったのだろう。

モノの洪水の中で溺れかけながら、私は来る日も来る日も、捨てて、捨てて、捨て続けた。洞窟の中にいた私は、小さな光だけを手掛かりにまだ見ぬ出口を探し続けた。辺りは漆黒の闇だったが、その小さな光は進むべき道を優しく照らし出し、太陽の降り注ぐ彼方へと私の背中を優しく押すのだった。

モノとの関係を見つめる上で、私が最初に思い浮かべるのは、実家の簞笥だ。昼も夜も、私を無言で見下ろし続けた巨大な簞笥——。

あの忌々しい簞笥との付き合いは、私が念願の一人部屋を手に入れたときから始まった。思春期にもなると、友達の多くが親から個室を与えられていた。近しい友達が次々と一人部屋デビューすると、その子たちの家に放課後、代わる代わる遊びに行くのが日課になっていた。ゲームをしたり、お菓子を食べたり、親の目の届かない一人部屋は、まさに子どもたちの楽園だった。

私もあの子たちと同じように、「一人部屋が欲しい」と母に訴えたのは小学六年生に上がる頃だっただろうか。すると母は、ほぼ物置と化していた二階の六畳一間の和室を明け渡した。その部屋には、私の背より高い檜の大きな箪笥が二つも鎮座していた。確かそれは、祖母が母に持たせた嫁入り道具だったと思う。

私は、この箪笥が大嫌いだった。

箪笥を巡って母には何度も抗議したことがある。

「なんで私の部屋には、こんな大きな箪笥があるの？　どけて欲しい」

「これはおばあちゃんにもらった嫁入り道具だから。絶対に動かすわけにはいかないの」

そういって母は踵を返し、まともに取り合おうとはしなかった。

私は部屋の一角に陣取る黒々とした闇のような箪笥がいつも嫌でしょうがなかった。それでも一人部屋が与えられたことは嬉しかったので、しぶしぶ諦めざるを得なかった。

箪笥の存在を忘れるため、その上に当時流行っていたアイドルや芸能人のポスターをペタペタと貼り付けた。母はそんな私の行動に気づいてはいたが、何もいわなかった。

友達の部屋に遊びに行くと、いつも自分の部屋との違いをまざまざと感じさせられた。ある友達の部屋は七畳ほどだったが、フローリング敷きで白の円形ラグが敷いてあった。窓には、薄ピンク色のフェミニンなカーテンが揺れている。窓際に置かれた勉強机は丁寧に整頓されていて、シングルベッドの枕元には大小さまざまなスヌーピーのぬいぐるみがギューギューに並んでいる。子どもらしくファンシーでかわいらしい彼女の部屋は、私の部屋とは絶望的なほど、何もかもが違っていた。しばらくゲームで遊んでいると、彼女のお母さんがクッキーを焼いて持ってきてくれた。

子どもにとって、自分の部屋は小さなステータスだ。私は、彼女たちと自分の部屋とのあまりのギャップから、いじめられることを恐れ、友達を部屋に呼ぶことができなかった。

私の部屋は、巨大な箪笥が支配し、その全面には、悪趣味な赤と緑のコントラストのバラ柄のカーテンが、たなびいている。

極めつけは私の部屋の隣が、トイレだったことだ。掃除が大嫌いな母はトイレをまともに掃除していなかった。そのため私の部屋には、小便のアンモニアの臭いが常に漂い、鼻をついていた。こんなおぞましい部屋に、友だちを連れていくわけにはいかなかった。

私が勉強しているときも、漫画を読んでいるときも、あの箪笥は四六時中、私を見下ろしている。大きな箪笥に私はいつも監視されているように感じた。それは、暗い森の中から投げられる生き物の視線に似ていて気味が悪かった。そのせいか、夜中に大規模な地震が起こって、あの箪笥に押しつぶされる悪夢を幾度となく見た。

しかし、私は結局その部屋で箪笥とともに大学受験の勉強をし、高校を卒業するまでの7年間を過ごした。不思議に感じるかもしれないが、その間、母があの簞笥を開けることは一度もなかったと記憶している。だから私が貼ったアイドルのポスターも、今もそのままだろう。

簞笥の中身を知りたくて、いつだったか、引き出しをこっそり開けたことがある。中に入っていたのは、色とりどりの着物だった。母の着物姿は見たことがなかったので、子ども心になぜそんなものを持っているのか不思議だった。

今ならわかる。あの簞笥はきっと母が祖母から無理やりに押しつけられた愛の証なのだ。だから母はそれを手放せなかった。母は巨大すぎる簞笥を背負い込み、捨てることもままならず、部屋の片隅に放置していたのだ。本当に母が欲しかったモノ――、今になって思えば、それは簞笥というモノではなくて、両親からの愛だったのだろう。

専業主婦の母に、自分の部屋はなかった。しかし、だからこそ母はあえて蜘蛛が部屋のあちこちに巣を張るように、自分の痕跡を家中に残していたのかもしれない。「私は、ここにいる。私を見て」といわんばかりに。そして私に押し付けられたのは、祖母への複雑な思いに満ちた母の記憶が横たわる、陰鬱な部屋だった。そんな家族の在り様は、やはりモノに現れていたと思う。

私の実家は、いつもちぐはぐだった。小学校の教員だった父の六畳ほどの部屋は、どこもかしこも蔵書が積まれていて、要塞のようだった。父親は自室にこもりっきりで、そこで寝起きをし、食事と風呂以外は出てこようとすらしなかった。

父は父で家の中の一角に自らの砦を築いていたのだ。そうやって、私たち家族は同じ屋根の下に暮らしていても、どこかバラバラでおかしかった。いわゆる機能不全家族で、それぞれが孤立し離れていた。私が本当に嫌だったのは、巨大で重々しい箪笥に象徴される、この家やモノに漂う息苦しさだったと思う。だから、一日でも早くそこから逃れたくて、家から出る機会をうかがっていた。

私とモノとの関係は、大阪の大学に進学すると、激変した。親元を離れて一人暮らしを始めたことが大きかった。ようやく、あの忌々しい箪笥の視線から解放される日がきたのだ。

大学進学が決まり高校生活の後半になると、これまで以上にアルバイトに精を出した。それは何よりも、一人暮らしをするための資金を貯めるためだ。私は、私の城を作る。母の手垢のついていない、私だけのとっておきのモノに囲まれた部屋を――。そう心に決めていた。

引っ越し先に選んだのは、五畳ほどのアパートだ。ユニットバスな上に狭かったが、実家と異なりフローリング張りで、何より家賃が安いのが決め手となった。

一人暮らしの自分の部屋には、母を入れたくなかった。それは、何よりも母の痕跡やモノが入ってくることを拒絶したかったからだ。だから大学の入学式に来ることも、引っ越しの手伝いも頑なに拒んだ。母は不満そうだったが、私の一人暮らし先が遠方ということもあり、しぶしぶ諦めてくれた。

初めての大都会、都市は地方にはない色とりどりなモノで溢れていた。全てのモノが煌びやかに輝いて見えた。私はようやく自由になれたと感じた。この日のために貯めていた高校時代のバイト代の全てをつぎ込んで、新居の家具の購入に奔走した。

ずっとずっと憧れていたデパートの雑貨屋。そこに並ぶシャープな脚の紫色のテーブルに一目ぼれした。小さな星がちりばめられているシャワーカーテン、ベッドに置くふわふわしたクッション。

電気屋さんで見つけたちょっと変わったスケルトンの電子レンジは高かったけれど、どうしても欲しくなり、奮発した。百均で買ったキッチンツールたち。それはどれも、私自身が選んだものだ。私は、自分の部屋が自分の色に染まっていくことにうっとりしていた。私はこれまで抑圧していた何かを取り戻すかのように、自分の城を築くことに夢中になった。

実家から解放された反動もあり、当時私とモノとの関係は、絶頂期を迎えていたと思う。社会人になってから、モノへの関心はさらにエスカレートしていく。学生時代と違って、自由に使えるお金が増えると、拍車がかかっていった。その購買欲は、まるで何かに追い立てられるかのようだった。

私がハマったのはインテリアだ。当時、一部でブームとなっていた『かもめ食堂』という映画の影響で、北欧雑貨が流行っていた。人気のインテリアブロガーたちは、次々に部屋を北欧風に彩っている。私も負けないようにと、北欧雑貨を買い漁った。百円の雑貨から数万円のソファまで次から次に流行のもので自らの住空間を埋め尽くした。ブームに乗っているとなぜだか、安心できた。パートナーと暮らすようになっても購買欲は衰えず、私の部屋は、ときには北欧家具、ときにはナチュラル系のインテリアやモード系で飾り立てられていった。

雑貨屋の片隅にある透き通った水槽を見れば胸がときめき、グッピーを泳がせたくなる。しかしすぐに飽きて、いつしか管理はパートナーに任せてしまう。服も同じく、すぐに流行のモノに飛びついた。私は次から次にモノを買い漁り、心の空虚を埋めようとしていたのだと思う。しかし、いくらも買ってもなぜだか安心することはできず、すぐに何か別のモノを求めずにはいられなくなった。あの不気味な箪笥に似た心の穴はブラックホールのようにありとあらゆるモノを吸引していった。だから買っては捨て、買っては捨てを延々と繰り返した。流行が一段落すると、部屋にはガラクタと化したモノが溜まっていく。


そうして今、私は、夏の灼熱の暑さの中、そんなガラクタたちと汗だくで向き合っている。思わず、自分に問いかけてしまう。これだけのモノを手に入れた私は、果たして本当に幸せだったのだろうか、と。

親元を離れ、モノで彩る生活を手に入れて、確かに自由になれたと思っていた。しかし、今となっては、それすらも錯覚だったのかもしれない。

私は、ふと思い出す。7年間私を見下ろし続けていた、あの箪笥を——。母は、あの巨大な箪笥を最後まで手放せなかった。それなら私は、何を手放せなかったのだろう。

あれから20年、私の部屋は、モノ、モノ、モノで溢れかえっている。流行の家具に囲まれていた私は、一見自由になった気がする。それでもなお、苦しかったのはなぜなのか。ずっと重荷がへばりついているような感覚なのは、どうしてなのだろうか。まるで迷宮に入り込んだかのように、どんどんわからなくなっていた。

ごみ屋敷が告げたＳＯＳ

私は自分が買い漁った大量のモノと向き合いながら、これまで訪れた数々の孤独死の現場を思い出していた。

孤独死の取材をするようになったのは、２０１５年に遡る。友人のカメラマンの誘いを受けて、事故物件のトークイベントに参加したことがきっかけだった。イベントを通じて、事故物件公示サイトを運営する大島てるさんと知り合った。そして、あれよあれよという間に話が進み、事故物件の本を出すことになった。当時の私は、事故物件というと、殺人や自殺が起きた場で、幽霊が出るのではないかというおどろおどろしいイメージしか抱いていなかった。

しかし取材を重ねるうちに、事故物件のほとんどは孤独死によるものという事実を知った。そして、孤独死した人の家には共通点がある。やたらモノが多いか、ごみ屋敷なのだ。どこか自分の現状と彼らにリンクするものを感じていた。

日本社会を覆う孤独死の現状を追いたくなり、以降、それをテーマに何冊か本を書いた。数え切れないほどの現場に足を運び、たくさんのごみ屋敷に住む住人や故人、遺族に出会った。

現場で最もよく聞く一言がある。

「なんであんなになるまで溜めちゃったんだろうね」

特殊清掃整理業者や不動産屋は、いつもその部屋の惨状に半ば呆れ返りながら、そういって肩を落とす。しかしその言葉を聞く度に、私はなぜだか、自分の胸がえぐられるような気がした。

それは、まさに私自身にはね返ってくる言葉だったからかもしれない。

関東某所の団地の一室で見たのは、東日本大震災の爪痕だ。この部屋の住人は、自ら積み上げたごみで転倒して、命を落とした。ごみに溢れた廊下を匍匐(ほふく)前進でゆっくりと進むと、ダイニングと思しき部屋にたどり着いた。真ん中には、巨大な食器棚が二つ斜めに傾いている。不自然で、異様な光景だった。業者によると、その食器棚は東日本大震災で倒れたと思って間違いないらしい。震災から十年が経っても、この家は時が止まったままだった。

この部屋の住人は危険な状態にもかかわらず、誰にも助けを借りることができなかった。だから、食器棚が倒れたままだったのだ。私はその事実に衝撃を受けた。

食器棚の隙間にはごみが溢れ、天井に届きそうなほどに積み重なっている。玄関の黒い染みは、悲しくもこの部屋の住人があとわずかのところで行き倒れてしまったことを語っていた。ドアから漏れ出た臭いで、住民の死は周囲の知るところとなった。

遺族はいたが、決してこの部屋に近づこうとしなかった。だからその後、不衛生な状態の部屋を巡って近隣住民と激しいトラブルになったらしい。

日本が抱える社会的孤立の問題が孤独死に深く関係していると知ったのは、取材を始めてからしばらくしてからだった。もう半世紀以上前のことだが、かつて存在した村落共同体が崩壊した後、日本はイケイケドンドンの高度経済成長期へと突入し、都市化の波が押し寄せた。会社が失われた共同体の代わりになったが、経済が落ち込むとそれも息詰まる運命にあった。その間、家電など便利なモノがどの家庭にも普及し、日本は一見豊かになったかのように思える。けれども、モノで社会が満たされるようになると、逆に人々は孤立し、孤独感を抱えて生きるようになる。増え続ける孤独死は、そんな日本社会を如実に現していた。

取材の過程で、ある80代のおばあさんと知り合った。彼女の住む1Kのアパートは、ごみ屋敷だった。聞くとおばあさんは、貧しい家に生まれて、戦後の混乱期を弟たちのためにひたすら働いてきたという。彼らの学費を稼ぎ、学校に行かせたのもおばあさんだ。そんな彼女にとって、唯一の趣味が服で自らを着飾ることだった。ブティックに行き、色とりどりの洋服たちを身にまとうと、まるで違う自分になれた気がする。そうやって、洋服だけを生きがいに、おばあさんは歳を重ねてきた。

彼女は今、生活保護を受けている。慎ましく暮らしていかなければ食べていけないはずだ。それなのにあろうことか、毎週ブティックを回り、数万円の服を買っていた。ほとんどのお金を服に注ぎ込み、困窮していた。食べ物が無くなると福祉事務所に行き、非常用のクラッカーをもらって食いつなぐという生活をしている。

そんなおばあさんに愛想を尽かせているのか、子どもも寄りつこうとしない。彼女の行動は一見、破綻しているように思える。しかし、私にはどことなく理解できるものがあった。

ある日、おばあさんがアパートに招き入れてくれた。部屋は窓まで堆積したゴミで真っ暗で、よく見ると真新しい服とゴミが交互に層を成していた。

カラフルな洋服たちの隙間に、食べかけのお菓子やスーパーの弁当が散乱している。夜は、ゴキブリとネズミの這いまわる音で眠れないのだという。部屋の真ん中に小さな窪みを見つけた。おばあさんは、ここで服をベッド代わりにして丸まって寝ているらしい。私も彼女のように買い集めた服の洪水に身を横たえてみた。そこは思いのほか、ふわふわして心地良かった。

アパートは、福祉事務所が手配した業者によって、度々片づけられている。しかしまた数か月経つと、元通りになる。おばあさんは拾ってきたゴミを集め、わずかばかりの保護費を洋服に充て、再び部屋をゴミと洋服で埋め尽くす。まるでモノで孤独というキャンバスを塗りたくるかのように――。

私には、おばあさんの気持ちが、手に取るようによくわかった。私たちは似た者同士だった。だからこそ、共通する寂しさを嗅ぎ取って心を通わせることができた。私は、そうやって特殊清掃現場で出会う故人たちに合わせ鏡のような不思議なシンパシーを感じ、取材を続けてきたのだ。

夏の暑さの中、大量のモノと汗だくで向き合いながら、取材で出会った人たちが走馬灯のように頭をよぎっていく。私の「捨て活」は、佳境を迎えている。私のモノの歴史と彼らの辿った人生が、交錯する。もしかして彼らは、私に何かを伝えようとしているのだろうか。そうだとすれば、それは一体なんなのだろう。

孤独死する人たちの多くは、家にあるモノによって、命を落とす。そもそもモノが多いとつまずいて転倒しやすくなるし、夏場は熱を持ったゴミが熱中症の一因となり命を奪っていく。特に高齢者にとっては、それが命取りとなる。社会から孤立していれば、そんな危機的な状況になっても発見される可能性がぐんと低くなる。

それは自分を守るために身に着けた鎧に、体中を絞め上げられるようなものだ。年間三万人ともいわれる孤独死の背景にはそんな残酷ともいえる現実がある。

「なんであんなになるまで溜めちゃったんだろうね」

「捨て活」に没頭し、モノと向き合いながら、私はあの言葉を思い出していた。それは私に投げかけられた言葉ではないはずなのに、いつもドキリとして心が痛んだ。そして何かを言い返したくなった。だけど私は口をつぐんでいた。

私にはわかっていたのだと思う。その人が収集したモノたちは、切実に自分の心や体を守るのに必要なモノだったということを――。

母が箪笥を手放せなかったように、おばあさんが洋服の海の中で寝ていたように、私も切実に「何か」を手放せなかった。それは私にとってお気に入りのモノたちであり、自分を装飾してくれるSNSであった。

私は自分が買い集め、今は用を成さなくなった一つ一つのモノたちと対話し、モノとは何だろうと考え続けた。まるで答えの出ない禅問答で、終わりのないモノローグだった。

私は、まだまだ「捨て活」の旅の途中にいる。部屋のあちこちにはモノが溢れている。多すぎる食器、用途不明の洗剤、古びた貰い物のタオル、数年前の試供品のシャンプー、増殖しすぎた大小のタッパー類、大量のアルバム、そして、まだまだクローゼットを占拠してやまない、大量の服、服、服。

モノを処分する中でうっすらとだが、気づいたことがある。

「捨て活」の本質は、究極的にはモノを捨てることではないのだと。モノと自分との関係性を見つめ直すことで、これからモノと自分がどうありたいか、どう生きていきたいかを自分自身に問い直すことなのだ、と。

私は実家を出たとき、確かに母のモノからは自由になれたが、肝心の母からは自由になれなかった。母の願いは、母の分身である娘を、専業主婦ではない何者かにすることだった。そうやって、母は私に自己実現という「夢」か、はたまた「呪い」を託した。母の箪笥のように、親にモノの形で一方的な思いを押し付けられることはなかったが、別のものに縛られていた。

モノに囲まれ、SNSでの自己実現に夢中になっていると、まるで母が望んだ「何者か」になれたかのような錯覚を覚える。だけどそれはとてつもない苦行に過ぎず、いつしか心が壊れてしまった。その結果私はいくつかのＳＮＳをやめて、こうして日夜モノと格闘し続けている。モノには不思議な魔力が宿っていて、人の欲望は果てしなく終わりがない。幸せなのはモノを手に入れたときの一瞬だけで、その後多くのモノは色褪せ、ガラクタと化してしまう。それでも心の満たされなさがある限り、所有欲や渇望感はやまない。それこそが苦しみの元凶でもあった。まるで蛇が自らの尻尾を飲み込むような、自分で自身を骨の髄まで消費し尽くす行為だったように思う。

私はその苦しみの連鎖、そして循環の中から、飛び出したかった。

夏の暑さの中でひたすら、「いる」「いらない」を仕分け、体を動かし続けた。体中から、滝のような汗が噴き出してとまらない。思えばデスクワークが増え、こうして汗を流すこともめっきり減った気がする。体を動かすって、こんなに気持ち良かったっけ。体を動かすとお腹が空く。そんな当たり前のことが嬉しくて仕方なかった。モノと向き合い手放す旅の過程で、私の心と体はどんどん身軽に、自由になっていく。それは、これまで味わったこともない何物にも代えがたい悦びなのだった。なぜ私はモノを手放すと、こんなに自由になれると感じるのだろう。

そうか。いつもモノは、生きづらい私の代弁者だったのだ。おばあさんは、強制撤去されても服を手放さなかった。それは、彼女にとっての拠り所だったからだ。かつての私も同じだった。

だけど、もう大丈夫。今の私に、たくさんのモノはいらない。私は一つ一つモノと向き合って、「ありがとう、さよなら」を告げる。セールのときに買いすぎた服、数回使ったきりのジューサー、絡み合った用途不明なコード、全く使っていない風呂蓋、横積みされた大量の本、汚れる度に洗濯が億劫なラグマット、なぜか二つある古びたトースター、多すぎる保存容器、そしてサブスク全盛となってからは、ほとんど見なくなった大型テレビ、使わなくなった旧型のノートパソコン――。

リサイクル業者に何度も搬送を頼み、幾度となくフリマサイトで貰い手を探し、粗大ごみの申し込みをした。想像以上に体力も気力もいる怒涛の毎日だった。それでも、そんな日々を送るうちに次第に、私の家からはモノが減っていった。

大きな棚や家電が消えると、全ての窓を開けられることに気がついた。今まではモノによって塞がれ、一部の窓は閉じたままだった。私は窓という窓を開け放ち、8割のモノが消えた部屋のフローリングに寝そべり、空を見上げた。

そよ風が、私のほっぺたをくすぐる。嬉しさがこみ上げてくる。あぁ幸せだ、と感じる。モノが無い幸せを感じたのは、人生で初めてだ。気持ちがいい。

しかし、この「風」には、心当たりがあった。思えば、遺品整理や特殊清掃の後、私はいつもこの「風」を感じていた。どんなに凄まじいごみ屋敷でもいつか、元に戻るときがくる。ゴミが取り除かれ、部屋中の窓が開け放たれると、この「風」が右から左へと抜けていく。

風が通るようになると、どんよりとした部屋の空気が、ふわりと嘘みたいに軽くなる。目張りで窓が塞がれ真っ暗だった部屋にも、故人の苦しみが詰まった部屋にも、死臭に覆われた部屋にも、この「風」はいつか必ず流れる。全てが無に還っていく。ゼロに戻る。「風」は、人を選ばない。誰の部屋にも、この「風」が流れるときがくる。生きとし生けるものを撫でるように包み込む優しい風なのだ。忘れかけていたが、私はこの風が吹く瞬間が、泣きたくなるほど好きだったのだ。

私の部屋にも、今確かに、この「風」が流れている。あのおばあさんにも味わって欲しかったな。心の中でそうつぶやいた。季節は巡る。全ては変わりゆく。この部屋も、この命も、このモノも、永遠じゃない。

私は、この部屋に住む命を持つ私という存在を何よりも慈しんでいきたい。多くの人にそうであって欲しい、と願う。それが私のたどり着いた答えだ。

部屋にあるどんな小さなモノであっても、それは私の歴史の一部で、じわじわと蓄積していった「執着の歴史」でもある。きっとあの不気味な箪笥は、それを声なき声で私に伝えようとしていたのだ。だからこそ、私は直感的に向き合うことを恐れて、一目散に逃れようとした。心の空虚は決して目に見えない――でも、それはモノという形で、確かに部屋のいたるところに転がっていたように感じる。

モノを手放し、ＳＮＳを手放す過程で、多くの執着を手放していることに気づかされた。最後に残ったものこそ、本当に大切にしていきたい、そう思ってやまないのである。

生きづらさとの付き合いかた

心が苦しくなったり、どうしようもなく疲れたとき、無性に会いたくなる人がいる。

私にとってそれは親でも友達でもなく、サノさんという小柄なオジサンだ。サノさんは、大きな公園の近くのアパートに生活保護を受けながら一人で住んでいる。御年60歳。サノさんは長年、その公園の掃除をしている。よく見かけるシルバー人材センターのスタッフのようにお金をもらってやっているわけではない。無償でやっている。公園で竹ぼうきの音がすれば、それはきっとサノさんだ。

サノさんとたまに会うようになって、早四年が経つ。サノさんと私は、特殊清掃業者の友人を通じて知り合った。孤独死は、生前ひきこもりで孤立していたケースが多い。そんな現実に心を痛めた友人は、ひきこもり当事者や関係者の集まりに参加して彼らと交流を深めていた。友人から「少し変わったひきこもりのオジサンがいる」といって紹介されたのが、サノさんだった。

私は職業柄、社会の中で傷つき、苦しんでいる人にインタビューすることが多い。また、自分自身も生きづらさを抱えており、それらの感情の波にのまれて息苦しくなると、公園でほうきを持つサノさんの凛とした姿が脳裏に浮かぶ。そうして、あぁサノさんに会いにいくか、と思うのだ。世の中が慌ただしさを増す師走のある日、私は喧騒から逃れるようにしてサノさんのもとを訪ねた。

約束の午後1時、いつもの紺色のダウンジャケットを身にまとったサノさんが、公園の前のバス停に迎えに来てくれた。サノさんは、私に気がつくとニコニコして手を振っている。懐かしいいつもの笑顔にホッとする——。私たちは、公園のベンチに腰掛けた。チュンチュンという野鳥の鳴き声が辺りにこだましている。冬のピリッと皮膚がひりつく寒さの中、木々の間から差し込む太陽の光がじんわりと暖かい。

ここに来るのは初めてではないが、ベンチからよくよく見渡してみると、巨大な池を囲んでいる公園は、驚くほどにのどかだ。浮足立って見える年の瀬の世間とは無縁で、ここにはまったく別の時間が流れているようだ。公園に来訪する人たちも犬の散歩をしていたり、写生を楽しんでいたりと、それぞれ思い思いの時間を過ごしている。サノさんは、地面に積もった大量の落ち葉を指さした。

「ここらへんの落ち葉は、これから全部年内に掃いていくんだよ。ちょっと体を動かせば体中、汗びっしょりだからね。家で風呂を沸かしてから掃除にかかるの。あと、金麦だけは部屋に用意しとくよね」

「サノさん、本当は金麦を飲むのが目的だったりして」

私が冗談で突っ込みを入れると、いつものようにサノさんは上機嫌でノッてくる。

「そうそう。実は金麦を飲むのが、本当の目的だな（笑）」

私たちの小さな笑い声が公園に響く。しばらくベンチで歓談した私たちは、公園を散歩することにした。サノさんは私に公園を案内しながら、ゆっくりと語りかける。

――公園の掃除のポイントってわかる？　見当もつかず首を左右に振る私に、サノさんは言葉を続ける。

「ここは自然公園だからさ、掃除をやりすぎないように、気をつけてるの。基本的になるべく自然な形で残すようにしている。どこを掃除したの？　ってくらいがちょうどいい。自然のほうが主役だから、自分の仕事はあまり目立たせない。そういう仕事を自分はしたいんだよね。気がつかなきゃそれでいい。俺はやるべきことをやるだけだからね。ただそれだけだけよ」

やり過ぎないってどういうことだろう――。そう思いながら公園の木道を、てくてくと歩いていく。うっそうと茂る樹木や池を泳ぐカモをボーッと見ていると、不思議と足取りが軽くなる。公園は澄んだ空気に包まれていて、心地いい。しかしサノさんの視線を追っていくと、それは足元にあった。

「普通の人が見るのは、上だけなんだけどね。本当は足元が安心で安全だから、ゆっくり上の景色も見れるんだよ。区の業者は草刈り機が入る上の部分しか、掃除をしないからさ。今日と昨日と一昨日は地べたに座って、1日5時間、剪定鋏でここらへんの草を一本一本切っていったの。木道って今だと寒さで冷えてるでしょ。だからどんなに頑張っても5時間くらいが限度だな」

サノさんの言葉を受けて、私は初めて足元の木道に目をやった。

確かに公園に来てから、足元なんて一度も見なかった。木道の周りをよく見てみると、どこもかしこも脇の草が10センチほどの高さで整っていることに気がつく。腰ほどもある笹も、歩行者に当たらないように長さを揃えて刈り込まれている。聞くと、これらもサノさんの仕事だというから驚いた。

還暦を迎えたサノさんにとって真冬に腰を屈めて行う作業は、思いのほかこたえるはずだ。能天気な私はいわれるまで気づかなかったが、何気なく歩いているこの木道の快適さは、サノさんのひたむきさの賜物だった。それを知った私は、思わず言葉を失った。

そんな私の感心などお構いなしに、サノさんはまるで自宅の庭でも案内するかのように、公園の掃除のポイントについて説明を続ける。

サノさんの話を要約すると、この公園は雑木林に面している。そのため林の斜面から、土や葉っぱが毎日のように木道に落ちてくる。木道に葉っぱがあると滑りやすくなるし、木道自体が湿り気を帯びて、耐久性が低くなる。だからこそ木道の土や落ち葉は、丁寧に取り払って、数か所に集める。それを落ち葉だまりという。落ち葉だまりは、ゆくゆくは虫や鳥や池の魚の養分になる。そうして一年か二年経つと土へと戻る。あとは自然の循環に委ねるというわけだ。

そんなサノさんの話に耳を傾けながら公園を歩いていると、こわばっていた体の力が徐々にほぐれ、弛緩していくのがわかる。呼吸と脈拍のリズムに意識が向かい、私自身もその自然の循環の中にいる生物の一部なのだということを、改めて認識させられる。サノさんは雑木林に続く、ある階段を指さした。

「ここは、足の不自由な人が運動のためによく使う階段なの。この階段に落ちてくる葉っぱは、すごく滑るのよ。だからここに溜まった葉っぱは、重点的に落としていく。手すりには山吹が出てきてね、棘があるから危ないの。だから山吹は切り落とすようにしているよね」

すごい。なんて細やかな目配りだろう。サノさんの解説を聞いて、この公園にはサノさんの繊細な感性がいたるところに光っているんだなぁと、いちいち感動してしまう。

池の周りを半周ほどすると、紅葉が赤々と色づいている一角へとたどり着いた。

「わー、ここはめちゃくちゃキレイですね！」

テンションが上がり、思わず声が出てしまう。どうやらここは公園のメインスポットのようだ。シーズンも終盤とあってか若干枯れかけてはいるものの、紅葉は深紅の色彩を残していた。カメラを片手にした若いカップルが、そんな紅葉をバックに無邪気にポーズをとっている。木道の落ち葉もここはそのままにしてあり、レッドカーペットが敷かれた床のように、艶やかさを演出していた。

「ここは紅葉が全部は落ち切ってないでしょ。だから、今はまだ木道の掃除はやらないの。写真を撮りにくる人がいるからね。そういう人のために残しておく。あえて葉っぱを残してたりするところもあるよ。ここは葉っぱが出てるほうがかっこいいかな、なんてさ。公園は、答えがないのが面白いよね」

なるほど、と思う。障碍者の人が頻繁に通る階段は、落ち葉が残っていると滑りやすくケガをするため、意識的に掃いたり剪定したりする。しかし紅葉が見頃になっている場所の落ち葉は、公園を彩るものと考え、あえて残すようにしている。

「じゃあここって、サノ公園ですね」

「そうだよ。俺はいわば公園の総合監修ってところかな」

サノさんはそういうといたずらっぽく笑った。年末である今月は、サノさんの仕事は大詰めだ。公園の近くには、古くて大きい神社があり、大晦日から年始にかけて毎年大勢の人たちが参拝に訪れる。そのついでで、多くの人がこの公園にも立ち寄る。そんな来訪者のため、大晦日まで公園の隅々をきれいにすることが、自らに課したミッションだ。いわば12月は掃除の集大成となる正念場で、ときには一日12時間ほど掃くときもある。ええっ、そんなに？　と思うが、それがサノさんの毎年の恒例なのだ。

「この公園は土日とかお正月は、都心から真っ白い靴を履いた人がけっこう来るのよ。そういう人って、この公園に来ることが目的じゃなくて、その後もどっかに寄るじゃない。そういうときに靴が汚れちゃうと、嫌でしょ。だから人が通る場所は重点的にキレイにするの」

サノさんの後をついて公園を歩き回っていると、いつしか幸せな気分になっている。その理由が、ようやくわかった気がする。それはきっとこの公園の所々に、優しさの痕跡が散りばめられているからなのだ。この公園には、サノさんの温かい心遣いが満ち満ちている。来訪者は意識はしていないけれども、この公園を通じてサノさんの優しさに少しだけ触れている。私はそれを自分だけの秘密のように知っている。私はその感覚がたまらなく、心地いいのだ。

「これは、キチジョウソウだね」

公園の崖っぷちの斜面に生えている3センチほどの野草――。サノさんは、その花を見つけてそっと指さした。木道を歩く人たちは皆、真っ赤な鮮やかさを残す紅葉に、夢中のようだ。しかしその花は日が全く当たらない木道の崖の斜面、雑草の間をぬって、淡い紫と白のコントラストで控えめに咲いている。サノさんが小さなキチジョウソウを見る眼差しはとても愛おしそうで、私はそれが、なぜだかずっと頭から離れなかった。

「うちに寄って、コーヒーでも飲んでくかい？」

公園を一周し終わった私は、サノさんのお誘いを受けて、公園から歩いて一分もかからない場所にあるアパートにお邪魔することにした。

そもそもサノさんは、なぜ公園の掃除をするようになったのか。以前軽く聞いたことはあるが、改めて知りたいと思ったからだ。サノさんのアパートの軒下には、手入れされ、年季の入った大・中・小のほうきが並んでいる。玄関のドアを開けると、六畳一間の部屋にベッドとちゃぶ台、小さな本棚が目に入る。男の一人暮らしにしてはモノが少なくキレイに整頓されていて、サノさんのつつましい暮らしぶりが伝わってくる。私たちはちゃぶ台を囲むように腰を下ろし、サノさんの長い半生に耳を澄ますことにした。

今の姿からは想像もつかないが、サノさんも、かつては生きづらさを抱えていた。その人生は、生まれたときから波乱万丈だった。サノさんは岡山県生まれ。やくざの父親と、軽度の知的障碍を持つ母親の間に生まれた。いわゆる機能不全家族で、物心ついたときから母親にネグレクトされていた。さらに父親が借金を踏み倒しては夜逃げを繰り返し、転居経験は16回にも上る。

幼少期に両親の愛情に恵まれなかったサノさんが長年憧れてきたのは、家族や仲間たちが集える「茶の間」――。工業高校の卒業制作も「茶の間」をテーマにした。サノさんは地元の工業高校を卒業後、設計事務所に就職する。

当時はバブル絶頂期。驚くような値段の高級建築やアート性が高い建築物が飛ぶように売れた。それはサノさんが作りたかった「茶の間」とは、真逆の世界だった。挫折を感じて設計の仕事をやめ、派遣などで職場を転々とする日々が続いた。そもそも他人と人間関係を築くのが苦手で、会社組織でうまくやれない。そのため28回も転職している。最終的に派遣で短期的に細々と働いては、自宅にひきこもる日々を繰り返した。

2012年に心療内科を訪ね、うつ病と診断された。カウンセリングでいわれたのは「あなたは笑わないですね」——。普通の人が持つ喜怒哀楽といった感情が乏しい自分に、そのとき初めて気がついたという。

サノさんは対人関係が苦手な原因を、母親との愛着障害にあったのではないかと考えている。愛着障害とは、養育者との愛着が様々な理由で形成されず、対人関係に問題を起こす状態のことだ。振り返ってみれば幼少期から母親の愛情を受けた記憶は一つもなかった。

最後に勤めた会社の失業保険が切れるとき、生活保護を決断した。53歳だった。このまま派遣とひきこもりで、食うや食わずの生活を続けても、どうにもならないと感じていたからだ。生活保護の受給が決まり、このアパートに引っ越してくると、部屋に遮光カーテンを付けて、一日中家にひきこもっていた。

そんなサノさんにとって大きな転機となったのは、2016年の1月に起こったある出来事だった。ちょうどその年は関東地方に大雪が降った。真夜中に自宅付近の坂で軽自動車が何度もスリップする音が聞こえた。サノさんはその日のことを今でも鮮明に思い出すという。

「そのとき、初めて心が動いたの。それまでは人が困っていても行動に移すことはできなかった。だけどそのとき、手伝いたいなと初めて思えたんだよね。結局その晩は、手伝う勇気は出なかった。だけどその次の日の朝から、一人で近所の雪かきを始めたの。もちろん初めは、ものすごく勇気がいったよ。だけどそれも最初だけだったね」

最初の一歩を思うと、ため息が出る。私もサノさんと同じく、元ひきこもりだ。ひきこもりの人間は、普通の人の何倍、いや何十倍も他者の目が気になって仕方ない。私はそんな心理がわかるからこそ、サノさんの勇気を称えたくなる。

雪かきを皮切りにして、サノさんの中で何かが変化した。4月になると、大量に積もった樹齢80年の桜の花びらが気になるようになる。そこで、思い切って近所の掃除をすることにした。すると近隣住民にも感謝されるようになり、その範囲はやがて公園にまで広がっていく。そうして、現在につながる公園の本格的な掃除が始まった。

それが奏功した。どんな人がいつ公園のどこを利用するのか、どんなことで困っているのか。それを知ることで、次第にやるべき仕事が見えてきたのだ。公園には、それぞれ利用者の役割がある。ゴミ拾いが生きがいの人もいるので、サノさんがごみを拾うことはない。

サノさんは、掃除のために、毎日天気予報や風速とにらめっこしている。台風や雨が来るとわかると、前倒しで作業する。かつての設計の知識を生かして公園を図面に起こし、清掃マニュアルを作り、年間の清掃計画を立てる。雪の予報が出れば、地面が凍結する深夜から雪かきを始める。そんな生活が続いて、早五年になる。

「公園の掃除って、基本的に下を向いてやるじゃない。人と視線を合わせなくていいんだよね。掃除を始めるのは人が少ない早朝だしね。それがひきこもりの俺に合ってる。ほら、公園って人のためにあるものでしょ。だから人が安心して歩いているのを見ると、俺はそれだけでいいの。その人とは会ったこともないけれど、どこかでその人と自分が繋がっているってことだと思うから」

何気なく発したサノさんの言葉に、ハッとさせられる。サノさんが大切にしているのは、公園の景観だけではない。その先に広がる人との「繋がり」なのだ、と。早朝から下を向いて行う公園の掃除は、ともすると人と没交渉の作業に思われるかもしれない。しかしサノさんにとって、それは「程よい距離」で社会と繋がっていることでもある。

孤独死の取材では、社会と繋がれず孤立した結果、凄惨な最期を遂げる人々をつぶさに見てきた。亡くなった現場からは、私やかつてのサノさんと同じく、生きづらさを感じることが多かった。人間は社会的生物だから孤独になると、心身が蝕まれる。だからその解決策として、いやがおうでも人との「繋がり」を持つべきという結論に陥りがちだ。

しかし、人間にとって最も大切なのは物理的な交流だけではなく、誰かと「繋がっている」という実感なのかもしれない。サノさんのように、何かを媒介にして人と繋がる方法は無限にある。サノさんの生き方には、生きづらさを抱える人がどう社会と関わっていったらいいか、大きなヒントが隠されている気がする。

掃除をきっかけに、サノさんを取り巻く人の輪もどんどん広がっていった。ひきこもりの当事者などと交流が始まり、月に一回自宅で、カレーとコーヒーをふるまうことにしたのだ。その日は、ひきこもりや公園関係者など色々な人たちがやってきて、大いに盛り上がるのだという。サノさんはいつからか自然に笑えるようにもなった。

「今は、意識的に家に人が来るようにしているの。みんなは食べ物があれば家に来るじゃん(笑)。俺はひきこもりだから、自分は外には出かけたくないのよ。だけど、家に人が来るのはいいんだよね。おうちが大好きだからさ。カレーは社会貢献じゃないけど、家にいても作れるからいいよね。ほら、俺はひきこもりの進化系だからさ。ガハハ」

「ひきこもりの進化系って、なんだか新しい言葉ですね」

ちゃぶ台を囲んで、私も自然と笑みがこぼれる。紆余曲折あったが、サノさんは「茶の間」という往年の夢をようやく叶えることができたのだ。

サノさんの公園談義はまだ続く。掃除をしているとたまに、あなたはお金をもらってないですよね、と驚かれるのだそうだ。普通の社会人にとってサノさんの行動は怪訝に映るに違いない。確かに一般常識からすると、誰が好き好んでただ働きなんて、と思うのだろう。そう指摘するとサノさんは笑いながら、いやいやと首を振った。

「俺は、逆にお金が介在しないから自由にやれるんだよね。世の中の仕事からリタイアして、やっと初めて自分の仕事ができるようになったと思えるの。それは食うための仕事では決して見えてこなかった、もっと本質的な仕事なの。掃除、そしてカレーとコーヒー。自分の生き方としてそれをやろうって、決めたんだよね。お金はもらってないけど、それは自分のライフワークで社会的な責任だと思っている。自分の役割は近所や公園を掃除したり、カレーを用意するだけで、表舞台に出るのは苦手なの。だけど誰かの下支えにはなっているかな。いわば世間にとっての一役だな。自分のやりたいことと、他人から求められることが一致すると嬉しいよね」

サノさんはそういって目を細めた。なんとなくサノさんの気持ちがわかる気がした。サノさんはきっと世間一般の尺度とは別のレンズで、社会というものを見つめている。彼にとっての仕事とは経済原理の外にあって、自分と社会や人との関わりの中でこそ初めて生まれるものなのだ。

ふと、想像してみる。もしサノさんが急にいなくなっても、公園はあの場所にあり続けるだろう。公園の風景はさほど変わらないかもしれない。しかし、公園は少しだけ優しさを失ってしまうだろう。足の不自由な人は階段で葉っぱに足を取られて転んでしまうかもしれないし、木道には竹が押し寄せて、歩行者は交互に行き交えずに窮屈になるかもしれない。きっと修復されないまま放置された無数の綻びが全体の印象をも変えてしまうことだろう。

私は思う。社会とは本来、人と人とがそんなふうに「優しさ」を持ち寄ることで繋がることこそが、理想なのではないか、と。私がサノさんの生き方に惹かれてやまないのは、こうした人々の「優しさ」がところどころに溢れた社会になれば、それが多くの人にとって、生きやすい世の中になるのではないかという直感があったからなのだろう。

そんなことをあれこれ考えていると、サノさんの本棚にある一冊の本に目が留まった。野草について書かれた本だった。サノさんはその内容を解説してくれた。

「ひきこもり始めた頃にさ、野草に興味が湧いてこの本を手に入れたのよ。公園に生えている野草には、全部名前があってさ。それぞれに生存戦略があるわけ。人間も一緒だよ。だから今こうして生きているんだよね。それって、すごいことなんだよ。人生は、確かに悲惨なことが色々ある。だけど、その一つひとつの選択が今の自分に繋がっているってこと、まずはそれを認めてあげて欲しいよね。だって今、生きているんだから」

　サノさんの言葉に、涙腺が緩みそうになる。人生がうまくいかないとき、人は自分自身を激しく責めてしまいがちだ。さらに世間や家族が向かい風となり、その人を苦しめるかもしれない。だけど考えてみれば、サノさんがいうように、生きとし生けるものは誰もがそれぞれ生存戦略を持って生きている。その場に立ちすくみ、身を縮めながらもがいていたとしても、懸命に自らを守るためにそうしているのだ。少なくとも、ひきこもり時代の私はそうだったし、今もそれを引きずっている。

　生きづらさと長年向き合ってきたサノさんは、人生のどん底を何度も体験してきた。だからこそ今日まで「生存」してきた自分をまず肯定してあげてほしい、という。私たちは今の自分にもっと優しくあっていいのだ、と。サノさんはそれをそれまで見向きもしなかった足元の野草たちから学んだ。

　話に夢中になっていると、窓の外がすっかり暗くなっていた。そろそろお暇する時間が近づいている。私が席を立つと、サノさんはいつものバス停まで送ってくれた。

バスに揺られながら、私はサノさんに教えてもらった小さなキチジョウソウに思いを巡らせていた。あの野草も広大な公園の一部で、大地に細い根を張り巡らして生きている。気になってキチジョウソウについて調べてみると、花言葉は「吉事」「祝福」「よろこび」で、縁起の良い草であることがわかった。面白いのは名前の由来だった。吉事があると開花するという伝説から名づけられ、観音草という神々しい別称もあることだった。

考えてみれば、キチジョウソウは、まるでサノさんのようだ。日陰で目立たずに咲きながら、公園に集うすべての人々に幸あれと願う――。私もいつかサノさんのような人になれるだろうか。サノさんのいう意味での仕事を持ち、「優しさ」を持ち寄れるだろうか。帰りのバスの中で少しまどろみながら、ずっとそんなことを考えていた。

あとがき

私はいつだって、そして今も、生きづらさと無縁ではなかった。

過去を振り返れば、母からの虐待があり、学校での壮絶ないじめがあり、それをきっかけにしたひきこもりがあった。さらに私の世代は、三重苦四重苦ともいえる生まれ落ちた時代特有の不条理にさらされてきた。14歳のときには、同世代の少年「酒鬼薔薇聖斗」の殺傷事件がセンセーションを巻き起こしたし、その後は様々なメディアからキレる17歳世代と名指しされた。そして大学を卒業する頃には、悪夢のような就職氷河期が待ち受けていた。昨今、そういった社会状況に翻弄されてきた同世代による犯罪も目につくようになっている。

安倍晋三元首相を襲撃した山上徹也被告、そして社会学者の宮台真司さんを襲撃し、自殺した容疑者も、私とほぼ同世代だ。報道に接していると、ロスジェネやひきこもりなど、改めて私の人生と重なる部分も多いことに驚く。彼らの過去を知れば知るほど私はやりきれない思いがこみ上げ、胸がキリキリするのを感じる。きっと、私と彼らの違いなんて紙一重だったのではないだろうか。私はたまたま今の居場所に流れ着いただけで、多くの偶然が作用したに過ぎない。人は時代と無関係に生きることはできない――。

そんな思いは、これまで取材をしてきた社会問題に対する姿勢に底流している。私は2015年頃から、日本で急増している孤独死と向き合ってきた。取材を通じて挫折や人間関係の悩みなど、一人ひとりの「声なき生きづらさ」と出会う中で、私と死者と重なる部分が多いことに気づいた。特殊清掃業者とともに凄惨な現場に入り、死者やその遺族、ときには福祉関係者の声を拾い、文字にして人々のもとに届ける。現場で起きていることを、この目で見て感じることにこだわり、今の私がある。

孤独死はえてして個人の問題にされがちだが、その背景にある孤立は、必ずしも本人の問題だけで済まされない。国や社会がもっと関心を持って取り組まなければならない。それを問題提起していくことが社会をよくすると信じて、微力ながら世間に発信してきたつもりだ。しかしその根底には、やはり私自身の等身大の生きづらさがくすぶっていたのだと思う。

心を不自由にするしがらみやコンプレックスを手放すにはどうすればいいのか。本書では、ときには情けなく、ジタバタともがく「小文字の私」の日常をただ描いている。

それは、苦しみの連続だった。私を縛ってやまない母の呪縛と向き合う作業は何よりも辛かったし、コンプレックスの宿るモノや、虚栄に彩られたSNSを手放すことも、しんどかった。愛犬を亡くしたときは、激しい喪失感に襲われ、死にたくなった。

けれども、一面では決して測れないのが人生だと思う。時が経つにつれて、私は親から得られなかった無償の愛を愛犬からは受け取っていたのだと深く感じるようになった。そんな愛犬には「ありがとう」という気持ちでいっぱいだ。また不必要なモノを手放したことによって、肩の力が抜けて身軽になった。母親とは絶縁しているが、私の心は軽やかだ。例え血の繋がった親子であっても、苦しければ離れてもいいと思う。距離が大事なのだ。世間の形から逸脱していても、そういう親子の形もありなのだと考えられるようになった。私は、やっぱり私に正直でありたい。

こうして自らの様々な生きづらさと向かい合うことで、人生の後半戦において、少しずつ欠けたパーツを埋めていく作業を行ってきたのだと思う。

このようになりふり構わず突き進んできた「生きづらさ時代」の連載だが、振り返ってみると、取材で出会った市井の人のエピソードと伴走する形で、私自身の生きづらさが徐々に変化していったことがわかる。

それは、人々の姿にある種の救いを見出したからなのだろう。街ですれ違う無数の人々や、私を取り巻く周囲の人々。芸能人でも知識人でもなく、市井の人々が紡ぎ出す人生の喜びや悲しみ。それらの物語に伴走することで起こる、「人が人によって救われる」という奇跡。間接的にでもその瞬間に触れたときこそ、無意識のうちに私自身の傷が癒され、浄化されたのだ。

公園を掃除するひきこもりのサノさんには、人間関係に困難を抱えたとき、社会とどう繋がればいいのか実践的な生き方として学んだ気がする。元プロ野球選手の高橋さんの人生には、晴れ舞台から降りた後も続く人生とどのように対峙するのかという命題について、考えさせられた。その苦悩と再起を巡るリアルな物語は、人生百年時代が叫ばれる今だからこそ、私自身「人生とは何か」を深く問い直すきっかけとなった。

女性用風俗を通じて、コンプレックスと向き合い、自分の人生を歩み始めた女性たちにも、とても勇気づけられた。さらに紆余曲折の苦しい婚活の末に「愛」を見つけた友人、ごみ屋敷に住む人たちや、そして孤独死した人たち——。残念ながら死後にしか出会えなかった人たちからも、私はいつもたくさんのことを教えてもらっていた気がする。そう考えると親でも教師でもなく、私にとって市井の人たちこそが、人生の師なのだとわかる。

だからこのエッセイは、私が様々な生きづらさを抱えた人たちと出会うことで、何かを発見しようともがいてきた証である。人や時代によって傷を受けた私は、それでもなお人の力を信じることで、自身の人生と懸命に向き合いたいと思っている。それが果たして正しいやり方かどうかはわからない。一般的には不安や恐れが瞬時に和らぐようなケミカルや医療的な手段に頼るのが、正当なのかもしれない。

それでも、「人」を追ってきた私は、やっぱり人が大好きだから、自らが抱えた「傷」を薬ではなく、人の力によって回復したいと願う。

それはこの時代においてドン・キホーテのごとく、とてつもなく無謀な戦いだとわかっている。マクロレベルでは勝ち目がないからだ。令和とは、これまで以上に人々が繫がれなくなり、孤独が蔓延する荒涼とした時代でもある。特に右肩上がりで増え続ける孤独死の悲惨な現場を目の当たりにしてきた私にとって、この日本社会の変容に対する危機感は、人一倍大きい。

だからこそ、となおさら思う。私はやはり人の無限の可能性をどこかで信じている。こんな時代だから、むしろ人の愛のかけがえのなさに触れたいし、それを丹念に拾い上げていくことで、なんとかこの社会の悪化に全力で抗いたい、と。わずかであってもそれが伝播することで、誰かの心が少しでも楽になればいいと思っている。たとえそれが、一縷のはかない望みであったとしても――。

私に限らず、生きとし生ける人すべてが、誰しもが大なり小なり苦しみや傷を抱えて生きている。だけど、人は一人では生きられない。生きづらさまみれの私が、こうして人々の生き方や愛に触れることで回復できるのだという事実が、見知らぬ誰かの希望になればいい。そうしてまだ人は捨てたものじゃないと、感じて欲しい。このエッセイには、私のそんな祈りにも似た思いが詰まっている。

ところで、最近私の人生を変える大きな出来事があった。

それは、ある人の紹介で、最近、東京四谷にある古書店「ふるほんどらねこ堂」に足を運ぶようになったことだ。店主は、評論家の浅羽通明さんだ。エンターテイナーを自称する浅羽さんは、いつでも作務衣一着で、お客を迎える。お店には、浅羽さんがセレクションしたSFや幻想文学や歴史関係、思想書などが並んでいて、一たび手に取ると「この本はね～」と解説が始まったり、それが書かれた時代背景が聞けたりもする。浅羽さんお手製のコーヒーを頂き、気がつくと、1時間2時間が過ぎている。

売っている本は格安だし、何よりも「第一次おたく世代」である浅羽さんのキャラが突き抜けていて、面白い。浅羽さんの人柄に不思議と惹かれ、頻繁にお店を訪れている。

自己肯定感が低い私だが、唯一自分を褒められる点があるとすれば、こうしたすごい人を見抜く嗅覚だ。これだけは私の強みで、自信がある。ちなみに私にとって、「すごい」とは、社会的地位が高い人ではない。私自身を生きづらさから、連れ出す直感のある人である。

浅羽さんは、SF作家である星新一の評伝を2021年に出版し、星雲賞候補となった。そんな浅羽さんが毎月主宰しているのが、星新一の読書会である星読ゼミだ。私はこの読書会に、月一で参加している。読書会といえば丸々一冊読みこむのが一般的だが、星読ゼミの課題図書は、本の中の2、3篇で、時事ネタに絡んだものだ。星新一作品は、ショートショートが多く参加の直前にサラリと読めるので、その気楽さも良い。

集まっている参加者も様々だ。学校の先生や、営業マン、はたまた書店員や、出版関係者など、多岐にわたる。一見さんもいて、けっこう流動的である。

そうやって市井に生きる人々とともに、SF的な視座から今一度、この社会を俯瞰で見てみる。そこに浅羽さんの評論家ならではの近代社会を見渡した、一級品の解説も光る。星読ゼミで誰かと、今の社会を忌憚なく、語らうこと。浅羽さんから受け取ったたくさんの書物で、この世界を知ること。

私にとって、そんな日常も、また生きづらさからの脱却につながっている。

取材者としての私は、いわば時代に水平に広がる横軸に身を置いている。その一方縦軸も大切で、それは歴史の時間軸や、文学など創造的な視野で今の社会をひも解いていくことなのかもしれない。私のみならず、社会を生きる人に誰にとっても、意味があることだろう。生きづらさの正体は、この社会の成り立ちに本丸が潜んでいるからだ。

「生きづらさ時代」は、「生きやすさを渇望する時代」でもある。だからこそ、私たちの足元で輝く人間の小さな営みにも目を向ける意味があるはずだ。それは蛍の灯す光のように儚いかもしれない。だが自分一人の足元を照らし、前に進むのにきっと頼りになるのではないかと思う。これからはそんな横軸と、「知」という縦軸の両輪で、改めて生きづらさ時代と向き合ってみたいと考えている。少しだけ視界は開けてきたようだ。

先の見えない混沌とした時代だからこそ、私たちはどう生きていけばいいのか、そして社会はどうあるべきなのか。このエッセイがあなたのヒントになれば、幸いである。

最後に私の敬愛する映画監督である、森達也さんの大好きな言葉を、贈りたい。

「世界はもっと豊かだし、人はもっと優しい」

本書は双葉社文芸総合サイト「COLORFUL」で二〇二一年四月から
二〇二三年三月にかけて配信された同名作品を加筆修正したものです。

菅野久美子●かんの　くみこ

1982年宮崎県生まれ。大阪芸術大学芸術学部映像学科卒。出版社の編集者を経て、ノンフィクションを中心に執筆している。孤独死や男女の性にまつわる多数の記事を扱う。著書に『家族遺棄社会 孤立、無縁、放置の果てに。』『超孤独死社会 特殊清掃の現場をたどる』『ルポ女性用風俗』などがある。

生きづらさ時代

2023年7月29日　第1刷発行

著　者——菅野久美子
発行者——箕浦 克史
発行所——株式会社双葉社
東京都新宿区東五軒町3-28　郵便番号162-8540
電話03(5261)4818〔営業部〕
03(5261)4831〔編集部〕
http://www.futabasha.co.jp
(双葉社の書籍・コミック・ムックが買えます)
DTP製版——株式会社ビーワークス
印刷所——大日本印刷株式会社
製本所——株式会社若林製本工場
カバー印刷——株式会社大熊整美堂

落丁・乱丁の場合は送料双葉社負担でお取り替えいたします。
「製作部」あてにお送りください。
ただし、古書店で購入したものについてはお取り替えできません。
［電話］03-5261-4822（製作部）

定価はカバーに表示してあります。

ISBN978-4-575-31810-4　C0095

双葉社好評既刊

アロハ、私のママたち

イ・グミ
翻訳 李明玉

1918年、日本統治下の朝鮮。18歳のポドゥルはハワイで暮らす朝鮮人男性に嫁ぐため故郷をあとにした。しかし待っていたのは試練の連続で……。激動の時代に生きながら希望を捨てない女たちの愛と連帯を描いた傑作長編小説。

双葉社好評既刊

岡村靖幸のカモンエブリバディ

岡村靖幸

2019年から2021年に13回にわたって、NHK-FMとNHKラジオ第一で不定期に放送された音楽家の岡村靖幸がパーソナリティを務めるラジオ番組が書籍化！　さまざまな「岡村ちゃん」の学びが楽しめる一冊。

双葉社好評既刊

平成マット界 プロレス団体の終焉

高崎計三

花のように咲いては散っていった〝団体の終焉〟を関係者への取材をもとにふり返る。『俺たちのプロレス』誌上の連載原稿に新たな取材を重ねて加筆のうえ再構成した、あの時の事情に迫る一冊。